12.80

Hobbit Presse / Klett-Cotta

J. R. R. Tolkien

# Fabelhafte Geschichten

Die Originalausgaben der in diesem Band
gesammelten Geschichten erschienen bei

»Leaf by Niggle« wurde von Margaret Carroux aus
dem Englischen übertragen,
»Smith of Wootton Major« von Karl A. Klewer.
Als Grundlage für die Verdeutschung von
»Farmer Giles of Ham« diente die Übersetzung
von Angela Uthe-Spencker.

Satz und Druck: Hieronymus Mühlberger KG,
Augsburg.
Zweite Auflage 1978.
ISBN 3-12-908050-3

Inhalt

# Bauer Giles von Ham

Aegidii Ahenobarbi Julii Agricole de Hammo
Domini de Domito
Aule Draconarie Comitis
Regni Minimi Regis et Basilei
mira facinora et mirabilis
exortus

oder auf deutsch:
Der Aufstieg und die wunderbaren Abenteuer
des Bauern Giles, Herrn von Tame,
Grafen von Würmlingshausen
und Königs
im Kleinen Königreich

# Vorwort

Von der Geschichte des Kleinen Königreiches sind uns nur wenige Bruchstücke überliefert; doch durch Zufall ist uns ein Bericht über seine Entstehung erhalten geblieben: eher vielleicht eine Sage als ein Bericht; denn es ist offensichtlich eine späte Zusammenstellung, von vielerlei Fabelwerk durchsetzt, eine Erzählung, die nicht aus zuverlässigen Quellen schöpft, sondern aus volkstümlichen Liedern, auf welche sich der Autor öfters beruft. Für ihn lagen die Begebenheiten, die er berichtet, bereits in ferner Vergangenheit; doch immerhin scheint er selbst im Gebiet des Kleinen Königreiches gelebt zu haben. Alle geographischen Kenntnisse, die er aufweist (es ist nicht seine starke Seite), beschränken sich auf jenen Landstrich, während er die Gegenden außerhalb, im Norden oder Westen, einfach nicht zur Kenntnis nimmt.

Als Rechtfertigung für die Übertragung dieser seltsamen Geschichte aus seinem sehr provinziellen Latein in die moderne Sprache des United Kingdom mag der Umstand gelten, daß sie uns einen flüchtigen Blick in das Leben eines dunklen Zeitraums der Geschichte Britanniens gewährt, ganz zu schweigen von dem Licht, das sie auf den Ursprung einiger sonst schwer zu erklärender Ortsnamen wirft. Manche mögen auch den Charakter und die Abenteuer ihres Helden für sich allein reizvoll finden.

Die Grenzen des Kleinen Königreiches, sowohl zeitlich als auch räumlich, sind aus diesem kargen Quellenmaterial nicht leicht zu bestimmen. Seit Brutus Britannien betrat, kamen und gingen viele Könige und Reiche. Die Teilung unter Locrin, Camber und Albanac war nur die erste von vielen wechselnden Spaltungen. Die Liebe zu kleinlicher Unabhängigkeit einerseits und die Gier der Könige nach weiträumigeren Herrschaftsbereichen andererseits erfüllten die Jahre mit raschem Wechsel von Krieg und Frieden, Freud und Leid, wie uns Erforscher der Regierungszeit Arthurs berichten: es war eine Zeit unsicherer Grenzen, Männer konnten plötzlich aufsteigen und fallen, und Liederdichter fanden Stoff im Überfluß und eifrige Zuhörer. Irgendwann in jenen langen Jahren, möglicherweise nach den Tagen König Coels, doch vor Arthur oder den Sieben Königreichen der Engländer, müssen wir die hier berichteten Ereignisse ansetzen; ihr Schauplatz ist das Tal der Themse mit einer Abweichung nach Nordwesten bis zu den Wällen von Wales.

Die Hauptstadt des Kleinen Königreiches lag offenbar wie die unsere in seiner süd-östlichen Ecke, aber seine Grenzen sind unbestimmt. Es scheint niemals weit die Themse hinauf nach Westen gereicht zu haben, und nicht über Otmoor hinaus nach Norden; seine östlichen Grenzen sind zweifelhaft. Es gibt Hinweise in einer unvollständigen Sage von Georgius, Sohn des Giles, und seinem Pagen Suovetaurilius (Suet), wonach einst ein Vorposten gegen das Mittlere Königreich in Farthingho unterhalten wurde. Aber dieser Umstand betrifft nicht unsere Erzählung, die jetzt ohne Veränderung oder weitere Erläuterung aufgerollt wird. Den hochtrabenden Originaltitel haben wir jedoch schicklich vereinfacht zu »Bauer Giles von Ham«.

Aegidius de Hammo war ein Mann, der im Herzen der Insel Britannien lebte. Sein voller Name war Aegidius Ahenobarbus Julius Agricola de Hammo; denn die Leute waren in jenen längst vergangenen Tagen, als diese Insel noch glücklich in viele Königreiche aufgeteilt war, reichlich mit Namen ausgestattet. Man hatte damals mehr Zeit, und die Bevölkerung war geringer, so daß die meisten Menschen vornehmer Herkunft waren. Jene Tage sind jedoch jetzt vergangen, und ich will deshalb in dem, was folgt, den Namen des Mannes kurz und in der Umgangsform wiedergeben: er war Bauer Giles von Ham, und er hatte einen roten Bart. Ham war nur ein Dorf, aber Dörfer waren in jenen Tagen stolz und noch unabhängig.

Bauer Giles hatte einen Hund. Der Hund hieß Garm. Hunde hatten sich mit kurzen Namen aus der Mundart zu begnügen: das Bücherlatein wurde für ihre Herren aufgespart. Garm konnte nicht einmal Hundelatein; doch er beherrschte die Umgangssprache (so wie die meisten Hunde seiner Zeit), entweder um jemanden einzuschüchtern, oder um sich aufzuspielen, oder um sich einzuschmeicheln. Das Einschüchtern galt Bettlern und Eindringlingen, das Aufspielen anderen Hunden und das Einschmeicheln seinem Herrn. Garm war stolz auf Giles, doch fürchtete er ihn auch, denn der konnte besser einschüchtern und sich aufspielen als er.

Es war keine Zeit der Eile oder Hetze. Denn Schaffen muß nicht Hetzen sein. Die Menschen taten ihre Arbeit in aller Ruhe; und sie verstanden kräftig zuzupacken und sich dabei gut zu unterhalten. Es gab viel, worüber man reden konnte, denn es begaben sich ständig denkwürdige Ereignisse. Zu dem Zeitpunkt, da diese Geschichte beginnt, war allerdings schon reichlich lange nichts Denkwürdiges mehr in Ham vorgefallen. Das behagte dem Bauern Giles von Grund auf: er war einer von den Langsamen, ein Mensch mit ziemlich wohlgeregelten Gewohnheiten und vollauf mit seinen eigenen Angelegenheiten beschäftigt. Er hatte alle Hände voll zu tun (sagte er), den Wolf von der Tür fern zu halten, das heißt: selbst so wohlgenährt und sorgenfrei zu bleiben, wie vordem sein Vater war. Der Hund half ihm dabei eifrig. Keiner von beiden schenkte der Weiten Welt außerhalb ihrer Felder, des Dorfes und des nächsten Marktes sonderliche Beachtung.

Aber die Weite Welt gab es. Schon bald begann der tiefe Wald, und fern im Westen und Norden lagen die Wilden Hügel und die unsicheren Grenzgebiete des Berglandes. Und unter manch anderen Wesen, die noch frei umherliefen, gab es Riesen: freches und ungebildetes Volk und gelegentlich eine Plage. Vor allem gab es da einen Riesen, größer und dümmer als seine Gefährten. Ich finde seinen Namen in den Überlieferungen nicht erwähnt, aber das spielt keine Rolle. Er war sehr groß, sein Wanderstock war wie ein Baum, und sein Tritt war schwer. Er fegte Ulmen zur Seite wie hohes Gras; und er war der Ruin der Straßen und das Elend der Gärten, denn seine mächtigen Füße hinterließen Löcher, tief wie Brunnen; wenn er in ein Haus stolperte, bedeutete es dessen Ende. Und all diesen Schaden richtete er an, wo immer er auch ging, denn sein Kopf ragte weit über die Dächer der Häuser und überließ es seinen Füßen, auf sich selbst aufzupassen. Er war kurzsichtig und auch ziemlich taub. Glücklicherweise lebte er weit weg in der Wildnis und besuchte selten die Gegenden, die von Menschen bewohnt waren, und dann kaum absichtlich. Er besaß ein großes, baufälliges Haus weit oben in den Bergen; doch hatte er sehr wenig Freunde, wegen seiner Taubheit und Dummheit und mangels Riesen überhaupt. Gewöhnlich ging er in den Wilden Hügeln und in den unbewohnten Gebieten am Fuße der Berge ganz für sich allein spazieren.

Eines schönen Sommertages rückte dieser Riese aus, einen Spaziergang zu machen, und wanderte ziellos einher, wobei er in den Wäldern ziemlich viel Zerstörung anrichtete. Plötzlich merkte er, daß die Sonne unterging, und fühlte die Zeit seines Nachtmahls sich nähern; doch er mußte entdecken, daß er in einem Teil des Landes war, den er überhaupt nicht kannte, und sich verlaufen hatte. Da er die richtige Richtung falsch vermutete, ging und ging er, bis es dunkle Nacht war. Dann setzte er sich nieder und erwartete den Aufgang des Mondes. Und er ging weiter im Mondlicht, eifrig ausschreitend, denn er wollte unbedingt nach Hause kommen. Er hatte seinen besten Kupferkessel auf dem Feuer gelassen und fürchtete, daß der Boden durchgebrannt sein könnte. Doch sein Rücken war den Bergen zugekehrt, und er war schon in den von Menschen bewohnten Gegenden. Ja, er näherte sich jetzt dem Hof des Aegidius Ahenobarbus Julius Agricola und dem Dorf, das (in der Umgangssprache) Ham hieß.

Es war eine schöne Nacht. Die Kühe waren auf den Feldern, und der Hund des Bauern Giles hatte sich losgemacht und war auf eigene Rechnung spazieren gegangen. Er hatte eine Vorliebe für Mondschein und Kaninchen. Natürlich hatte er keine Ahnung, daß auch ein Riese unterwegs war. Wohl hätte gerade das für ihn ein guter Grund sein können, ohne Erlaubnis auszugehen, doch noch ein besserer, still in der Küche zu bleiben. Ungefähr um zwei Uhr tauchte der Riese in den Feldern des Bauern Giles auf, durchbrach die Hecken, zertrampelte die Ernte und trat das noch ungemähte Gras nieder. In fünf Minuten hatte er mehr Schaden angerichtet, als es die königliche Fuchsjagd in fünf Tagen vermocht hätte.

Garm hörte ein Stapfen und Poltern das Flußufer entlangkommen und rannte zur Westseite des niedrigen Hügels, auf dem das Bauernhaus stand, nur um zu sehen, was vor sich ging. Plötzlich sah er den Riesen geradewegs über den Fluß schreiten und auf Galathea treten, des Bauern liebste Kuh, und das arme Tier so flach quetschen, wie der Bauer eine Küchenschabe hätte quetschen können.

Das reichte Garm vollauf. Er stieß einen Schreckensskläffer aus und stürzte nach Hause. Ohne sich überhaupt klar zu machen, daß er ohne Erlaubnis ausgegangen war, kam er und bellte und heulte unter dem Schlafzimmerfenster seines Herrn. Lange Zeit gab es keine Antwort. Bauer Giles war nicht leicht aufzuwecken.

»Helft! Helft! Helft!« heulte Garm.

Das Fenster öffnete sich plötzlich, und eine wohlgezielte Flasche kam herausgeflogen.

»Au!« sagte der Hund und sprang mit geübter Fertigkeit auf die Seite. »Helft! Helft! Helft!«

Da schoß des Bauern Kopf hervor. »Der Teufel soll dich holen, Hund! Was treibst du für Unfug?« sagte er.

»Nichts«, sagte der Hund.

»Ich geb's dir gleich, von wegen nichts! Ich werde dir morgen das Fell über die Ohren ziehen«, sagte der Bauer und warf das Fenster zu.

»Helft! Helft! Helft!« heulte der Hund.

Wieder kam Giles Kopf hervor. »Ich bringe dich um, wenn du noch einen Laut von dir gibst«, sagte er. »Was ist los mit dir, du Narr?«

»Nichts«, sagte der Hund; »aber bei Euch ist was los.«

»Was soll das heißen?« sagte Giles ganz verdutzt inmitten seiner Wut. Niemals zuvor hatte Garm ihm frech geantwortet.

»Ein Riese ist in Euren Feldern, ein riesiger Riese; und er kommt in diese Richtung«, sagte der Hund. »Helft! Helft! Er tritt auf Euren Schafen herum. Er hat die arme Galathea zertrampelt, und sie ist flach wie ein Schuhabstreifer. Helft! Helft! Er zerstört all Eure Hecken und zermalmt Eure ganze Ernte. Jetzt faßt Euch ein Herz und beeilt Euch, Herr, oder Ihr werdet bald nichts mehr zu verlieren haben. Helft!« Garm begann zu heulen.

»Gib Ruh jetzt!« sagte der Bauer und schloß das Fenster. »Gott sei uns gnädig!« sagte er zu sich selbst; obwohl die Nacht warm war, fröstelte ihn, und er bibberte.

»Komm wieder ins Bett und sei kein Narr!« sagte seine Frau. »Und ertränke morgen diesen Hund! Es gibt keinerlei Grund, das zu glauben, was ein Hund sagt: werden sie beim Faulenzen oder Stehlen erwischt, so erzählen sie einem jedes Märchen.«

»Kann sein, Agatha«, sagte er, »und kann auch nicht sein. Aber irgend etwas geht in meinen Feldern vor, oder Garm soll Hans heißen. Dieser Hund war verschreckt. Und warum sollte er in der Nacht jaulend ankommen, wo er doch morgens beim Melken heimlich zur Hintertür hereinwitschen könnte?«

»Halt keine langen Reden!« sagte sie. »Wenn du dem Hund glaubst, dann tu, was er sagt: faß dir ein Herz und beeil dich.«

»Leichter gesagt als getan«, antwortete Giles; denn er glaubte wirklich so ungefähr die Hälfte von Garms Geschichte. In den frühen Morgenstunden sind Riesen weniger unwahrscheinlich.

Trotzdem, Besitz bleibt Besitz; und Bauer Giles machte kurzen Prozeß mit Eindringlingen: nur wenige konnten sich dem widersetzen. Er zog also seine Kniehose an, ging hinunter in die Küche und nahm seine Donnerbüchse von der Wand. Manche werden wissen wollen, was eine Donnerbüchse ist. Tatsächlich wurde gerade diese Frage, wie man hört, den vier weisen Gelehrten von Oxenford vorgebracht, und nachdem sie nachgedacht hatten, antworteten sie: »Eine Donnerbüchse ist ein kurzes Gewehr von großem Kaliber, das viele Kugeln oder Geschosse gleichzeitig abfeuert und innerhalb einer begrenzten Schußweite ohne genaues Ziel Schaden anrichten kann. (In fortschrittlichen Ländern jetzt durch andere Feuerwaffen verdrängt.)«

Die Donnerbüchse des Bauern Giles hatte jedenfalls eine weite Mündung, die sich wie ein Horn öffnete, und feuerte nicht Kugeln oder Geschosse, sondern alles mögliche, was er gerade zum Hineinstopfen entbehren konnte. Und sie richtete keinen Schaden an, weil er sie selten lud und niemals losgehen ließ. Ihr Anblick genügte gewöhnlich für seine Zwecke. Und dieses Land war noch nicht fortschrittlich, denn die Donnerbüchse war nicht abgeschafft: tatsächlich war sie das einzige Gewehr irgendwelcher Art, das es dort gab, und als solches rar. Die Leute bevorzugten Pfeil und Bogen, und Schießpulver wurde hauptsächlich für Feuerwerke benutzt.

Nun denn, Bauer Giles nahm seine Donnerbüchse herunter und tat eine gute Ladung Pulver hinein, nur für den Fall, außergewöhnliche Maßnahmen seien erforderlich;

und in die weite Mündung stopfte er alte Nägel und Drahtstücke, Geschirrscherben, Knochen, Steine und anderes Zeug. Dann zog er Mantel und Stulpenstiefel an und ging durch den Küchengarten hinaus.

Hinter ihm stand tief der Mond, und er konnte nichts Schlimmeres sehen als die langen schwarzen Schatten der Büsche und Bäume; doch konnte er ein fürchterliches Stapfen und Stampfen den Hügelhang heraufkommen hören. Er hatte sich weder ein Herz gefaßt, noch beeilte er sich, was immer Agatha sagen mochte; doch er fürchtete mehr um seinen Besitz als um seine Haut. Also schritt er mit einem leichten Schwächegefühl im Magen auf den Hügelkamm zu.

Plötzlich tauchte über dem Grat das Gesicht des Riesen auf, bleich im Mondlicht, das in seinen großen runden Augen glitzerte. Seine Füße waren noch tief drunten, wo sie Löcher in die Felder pflügten. Der Mond blendete den Riesen, und er sah den Bauern nicht; aber Bauer Giles sah ihn und war zu Tode erschrocken. Ohne zu denken, drückte er ab, und die Donnerbüchse ging unter markerschütterndem Krachen los. Durch Zufall war sie mehr oder weniger auf das breite häßliche Gesicht des Riesen gerichtet. Das Zeug kam hervorgeschossen, die Steine und Knochen, die Scherben und Drahtstücke und ein halbes Dutzend Nägel. Und da die Streuung tatsächlich begrenzt war, trafen durch Zufall und ohne Absicht des Bauern den Riesen viele dieser Stücke: eine Scherbe ging in sein Auge, und ein großer Nagel bohrte sich in seine Nase.

»Verflucht!« sagte der Riese in seiner ungehobelten Art. »Mich hat was gestochen!« Das Geräusch hatte auf ihn keinen Eindruck gemacht (er war ziemlich taub), doch ihn störte der Nagel. Seit langem war ihm kein Insekt mehr begegnet, das grimmig genug gewesen wäre, seine dicke

Haut zu durchbohren; doch hatte er sagen hören, daß es weit im Osten, in den Sümpfen, Libellen gebe, die wie heiße Zangen beißen könnten. Er dachte, daß er wohl in so etwas geraten war.

»Offenbar eine üble, ungesunde Gegend«, sagte er. »Hier werde ich heute nacht nicht weitergehen.«

Er langte sich daraufhin ein paar Schafe vom Hügelhang, um sie zu essen, wenn er wieder daheim sein würde, ging zurück über den Fluß und machte sich ungefähr nach Nord-Nordwesten in großer Eile davon. Er fand am Ende den Weg nach Hause, denn er ging schließlich in die rechte Richtung; doch der Boden seines Kupferkessels war durchgebrannt.

Was den Bauern Giles anbelangt, so warf es ihn flach auf den Rücken, als die Donnerbüchse losging; und dort lag er mit dem Blick zum Himmel und war gespannt, ob die Füße des Riesen ihn beim Vorbeigehen wohl verfehlen würden. Doch es geschah nichts, und das Stapfen und Stampfen verlor sich in der Ferne. Also stand er auf, rieb seine Schulter und langte nach der Donnerbüchse. Dann plötzlich vernahm er frohes Lärmen menschlicher Stimmen.

Die meisten Leute von Ham hatten die ganze Zeit aus dem Fenster geschaut; ein paar hatten sich etwas übergeworfen und waren herausgekommen (nachdem der Riese abgezogen war). Einige liefen jetzt laut rufend den Hügel hinauf.

Die Dorfbewohner hatten das entsetzliche Bumsen der Riesenfüße gehört, und die meisten waren augenblicklich unter die Bettdecke gekrochen, einige unters Bett. Doch Garm war stolz auf seinen Herrn und fürchtete ihn zugleich. Er fand ihn in seinem Zorn großartig und schrecklich; und er glaubte natürlich, daß der erstbeste Riese ebenso denken würde. Sobald er also Giles mit seiner Donnerbüchse herauskommen sah (gewöhnlich ein Zeichen größter Wut), jagte er bellend und heulend ab ins Dorf:

»Heraus mit euch! Heraus! Heraus! Steht auf! Steht auf! Kommt und seht meinen großartigen Herrn! Er ist kühn und flink! Er wird einen Riesen erschießen, der bei ihm eingedrungen ist. Heraus!«

Die Kuppe des Hügels konnte von den meisten Häusern aus gesehen werden. Als die Leute und der Hund das Gesicht des Riesen dahinter auftauchen sahen, erschauerten sie und hielten den Atem an, und alle außer dem Hund glaubten, daß sich diese Angelegenheit für Giles als zu schwierig erweisen würde, um von ihm gemeistert werden zu können. Dann ging die Donnerbüchse unter Getöse los, und der Riese machte plötzlich kehrt und lief davon, und in ihrer Überraschung und Freude klatschten sie und jubelten, und Garm bellte sich fast um seinen Kopf.

»Hurrah!« riefen sie. »Das wird ihn lehren! Meister Aegidius hat's ihm gegeben. Jetzt wird er nach Hause gehen und sterben, und das geschieht ihm ganz recht.« Dann jubelten sie wieder alle gemeinsam. Doch während sie noch jubelten, merkten sie sich zu ihrem eigenen Heil, daß diese Donnerbüchse also doch abgefeuert werden konnte. In den Dorfgasthöfen hatte es über diesen Punkt Streit gegeben; aber jetzt war die Sache geklärt. Bauer Giles hatte später kaum noch Schwierigkeiten mit Eindringlingen.

Als die Gefahr vorüber schien, kamen einige der kühneren Leute schnurstracks den Hügel hinauf und schüttelten Bauer Giles die Hand. Manche – der Pfarrer und der Hufschmied und der Müller und ein oder zwei andere Personen von Gewicht – klopften ihm auf die Schulter. Das behagte ihm nicht (seine Schulter schmerzte sehr), doch fühlte er sich verpflichtet, sie in sein Haus einzuladen. Sie hockten in der Küche herum, tranken auf seine Gesundheit und priesen ihn laut. Er machte keine Anstrengung, sein Gähnen zu verbergen, doch solange noch etwas zu trinken da war, nahmen sie davon keine Notiz. Als sie sich alle ein- oder zweimal nachgeschenkt hatten (und der Bauer zwei- oder dreimal), begann er sich recht mutig zu fühlen; als sie sich alle zwei- oder dreimal nachgeschenkt hatten (und er selbst sich fünf- oder sechsmal), da fühlte er sich so mutig, wie er nach Meinung seines Hundes war. Sie trennten sich als gute Freunde; und er klopfte ihnen herzlich auf die Schulter. Seine Hände waren groß und rot und dick; er hatte also seine Rache.

Am nächsten Tag merkte er, daß die Neuigkeit beim Weitererzählen gewonnen hatte und er zu einer Lokalgröße geworden war. Bis Mitte der folgenden Woche hatte sich das Ereignis zu allen Dörfern im Umkreis von zwanzig Meilen herumgesprochen. Er war zum Helden der Bauern geworden. Sehr angenehm fand er das. Am nächsten Markttag wurde ihm so viel Freibier spendiert, daß man ein Boot darauf hätte treiben lassen können – was bedeutet: er hatte sein Teil weg, und auf dem Heimweg sang er alte Heldenlieder.

Schließlich kam es sogar dem König zu Ohren. Die Hauptstadt jenes Reiches, des Mittleren Königreiches der Insel in jenen glücklichen Tagen, lag etwa zwanzig Meilen von Ham entfernt, und am Hofe schenkte man dem Tun der Bauern in der Provinz im allgemeinen wenig Beachtung. Doch eine so prompte Vertreibung eines solch gewalttätigen Riesen schien der Beachtung und einer kleinen Aufmerksamkeit wert. Nach gehöriger Zeit also – das heißt: nach ungefähr drei Monaten, am Fest von

St. Michael – sandte der König einen prächtigen Brief. Er war in roter Schrift auf weißem Pergament geschrieben und äußerte den königlichen Beifall für »unseren ergebenen Untertanen und vielgeliebten Aegidius Ahenobarbus Julius Agricola de Hammo«.

Der Brief war mit einem roten Klecks unterschrieben; doch der Hofschreiber hatte hinzugefügt: Ego Augustus Bonifacius Ambrosius Aurelianus Antonius Pius et Magnificus, dux, rex, tyrannus et basileus Mediterranearum Partium, subscribo; und ein großes rotes Siegel war angeheftet. Das Dokument war also unmißverständlich echt. Es bereitete Giles große Freude und wurde viel bewundert, besonders als sich herumgesprochen hatte, daß man sich am offenen Feuer des Bauern niedersetzen konnte und etwas zu trinken bekam, wenn man es zu sehen wünschte.

Besser noch als das Anerkennungsschreiben war das beigefügte Geschenk. Der König schickte einen Gürtel und ein langes Schwert. In Wahrheit hatte der König das Schwert selber nie benutzt. Es gehörte der Familie und hatte seit unvordenklichen Zeiten in seiner Rüstkammer gehangen. Der Waffenschmied konnte nicht sagen, wie es dorthin gekommen war oder wozu es wohl zu gebrauchen sei. Einfache schwere Schwerter dieser Art waren bei Hofe gerade aus der Mode, und der König meinte deshalb, es sei das richtige Geschenk für einen ungehobelten Bauern. Doch Bauer Giles war entzückt, und sein lokales Ansehen wuchs ungeheuer.

Giles genoß die Wendung der Dinge. Ebenso sein Hund. Er empfing nie die angekündigten Hiebe. Giles war ein gerechter Mann, nach besten Kräften; innerlich trat er einen ehrlichen Anteil des Ruhmes an Garm ab, obwohl er nicht so weit ging, das auszusprechen. Er warf auch weiterhin harte Worte und harte Gegenstände nach dem Hund, wie er gerade Lust hatte, doch er drückte bei vielen kleinen Ausflügen ein Auge zu. Garm machte es sich zur Gewohnheit, weit weg zu streunen. Der Bauer spazierte voll Stolz umher, und das Glück war ihm hold. Die Herbst- und frühe Winterarbeit fiel gut aus. Alles schien einen günstigen Verlauf zu nehmen – bis der Drache kam.

In jenen Tagen waren Drachen auf der Insel nur noch selten zu finden. Viele Jahre lang war im Mittleren Reich des Augustus Bonifacius keiner mehr gesehen worden. Es gab natürlich die unsicheren Grenzgebiete und unbewohnten Berge, westlich und nördlich, doch sie waren weit entfernt. Vor langer Zeit hatten in den genannten Gegenden viele Drachen von mancherlei Art gehaust, die weit und breit ihr Unwesen trieben. Doch damals war das Mittlere Königreich berühmt für den Mut der königlichen Ritter, und so viele herumstreunenende Drachen waren getötet worden oder schwer angeschlagen heimgekehrt, daß die anderen es aufgegeben hatten, in diese Richtung zu ziehen.

Noch immer aber war es Sitte, zu Weihnachten Drachenschwanz an des Königs Tafel aufzutragen; und jedes Jahr wurde ein Ritter für die Ehrenpflicht der Drachenjagd erwählt. Er sollte am Sankt-Nikolaus-Tag ausziehen und spätestens am Heiligen Abend mit einem Drachenschwanz heimkommen. Doch seit vielen Jahren schon pflegte der Königliche Koch ein fabelhaftes Backwerk zu bereiten, einen Falschen Drachenschwanz aus Kuchen und Mandelcreme mit kunstvoll aufgetragenen Schuppen aus Zuckerguß. Der erwählte Ritter trug dies Gebilde am Weihnachtsabend in den Saal, während die Fiedeln spielten und die Fanfaren schmetterten. Der Falsche Drachenschwanz wurde am Weihnachtstag nach dem Festessen verspeist, und alle sagten (dem Koch zuliebe), daß er viel besser schmecke als Echter Schwanz.

So standen die Dinge, als wieder ein richtiger Drache auftauchte. Das hatte man hauptsächlich dem Riesen zu verdanken. Nach seinem Abenteuer wanderte er viel in den Bergen umher und besuchte seine verstreuten Verwandten – öfter, als es eine Gewohnheit gewesen war, und viel öfter, als sie es schätzten. Denn er legte es immer darauf an, einen großen Kupferkessel zu borgen. Und ob er nun einen geliehen bekam oder nicht – immer saß er herum und erzählte in seiner weitschweifigen, schwerfälligen Art von dem fabelhaften Land weiter unten im Osten und von den Wundern der Weiten Welt: In seinem Kopf hatte sich die Vorstellung festgesetzt, daß er ein großartiger, wagemutiger Entdecker sei.

»Ein hübsches Land«, pflegte er zu sagen, »ziemlich flach, angenehmes Laufen und massig zu futtern, man muß nur zugreifen: Kühe, versteht ihr, und überall Schafe, leicht aufzuspüren, wenn man aufpaßt.«

»Doch was ist mit den Menschen?« fragten sie.

»Sind mir nicht zu Gesicht gekommen«, sagte er. »Kein einziger Ritter war zu hören oder zu sehen, meine lieben Freunde. Nichts Schlimmeres als ein paar Stechfliegen am Fluß.«

»Warum gehst du nicht zurück und bleibst dort?« fragten sie.

»Naja, es heißt doch: Nirgends ist es so schön wie zu Hause«, sagte er. »Aber vielleicht gehe ich eines Tages wieder hin, wenn ich Lust habe. Immerhin bin ich einmal dort gewesen, und das ist mehr, als die meisten von sich behaupten können. Was ist jetzt mit dem Kupferkessel?«

»Und diese reichen Ländereien«, fragten sie dann hastig,

»diese ergötzlichen Gegenden voll ungeschützter Viehherden, in welcher Richtung liegen sie? Und wie weit ist es?«

»Oh«, war immer seine Antwort, »weit im Osten oder Südosten. Aber es ist eine lange Reise.« Und dann schilderte er mit solcher Übertreibung die weiten Strecken, die er zurückgelegt, und die Wälder, Hügel und Ebenen, die er überquert hatte, daß keiner der anderen, weniger langbeinigen Riesen sich jemals aufmachte. Doch das Gerücht machte die Runde.

Dann folgte dem warmen Sommer ein harter Winter. Es war bitterkalt in den Bergen, und die Nahrung wurde knapp. Das Gerede nahm zu. Flachlandschafe und Kühe aus den Weideniederungen wurden zu einem wichtigen Gesprächsgegenstand. Die Drachen spitzten die Ohren. Sie waren hungrig, und diese Gerüchte klangen verlockend.

»Ritter sind also nur erfunden!« sagten die jüngeren und weniger erfahrenen Drachen. »Das haben wir uns schon immer gedacht.«

»Sie können zumindest seltener geworden sein«, dachten die älteren und weiseren Lindwürmer; »weit weg und wenige und nicht länger zu fürchten.«

Ganz besonders ein Drache war tief beeindruckt. Chrysophylax Dives war sein Name, denn er stammte aus einem alten, kaiserlichen Geschlecht und war sehr reich. Er war verschlagen, neugierig, habsüchtig, gut gepanzert, aber nicht verwegen. Immerhin fürchtete er sich nicht im geringsten vor Fliegen oder Insekten, gleich welcher Art und Größe; und er war schrecklich hungrig.

An einem Wintertag also, ungefähr eine Woche vor Weihnachten, breitete Chrysophylax seine Flügel aus und schwang sich in die Luft. Seelenruhig landete er um Mitternacht mit einem Plumps im Herzen des Mittleren Reiches von Augustus Bonifacius rex et basileus. In kurzer Frist richtete er einen ganz schönen Schaden an, zertrümmernd und sengend, Schafe, Kühe und Pferde verschlingend.

Das war in einem von Ham weit entfernten Teil des Landes, doch Garm erlitt den Schrecken seines Lebens. Er hatte sich zu einem langen Streifzug aufgemacht; das Wohlwollen seines Herrn ausnutzend, hatte er es gewagt, ein oder zwei Nächte außer Haus zu verbringen. Eben folgte er einer aufregenden Fährte entlang einem Waldsaum, als er um eine Ecke bog und plötzlich auf einen neuen, beunruhigenden Geruch stieß; tatsächlich lief er direkt in den Schwanz von Chrysophylax dem Reichen, der soeben gelandet war. Niemals ist ein Hund schneller schwanzwendend umgekehrt und heimgestürzt als Garm. Kaum hatte der Drache sein Gekläff vernommen, drehte er sich um und schnob; doch Garm war schon längst außer Reichweite. Er rannte die ganze übrige Nacht und kam zu Hause um die Frühstückszeit an.

»Helft! Helft! Helft!« rief er draußen vor der Hintertür.

Giles hörte das, und die Tonart wollte ihm gar nicht gefallen. Sie erinnerte ihn an unerwartete Dinge, die sich ereignen können, wenn alles in bester Ordnung scheint.

»Weib, laß diesen verfluchten Hund rein«, sagte er, »und zieh ihm eins über!«

Garm kam mit hervorquellenden Augen und hängender Zunge in die Küche gerannt. »Helft!« heulte er.

»Was hast du diesmal angestellt?« sagte Giles und warf ihm eine Wurst hin.

»Nichts«, keuchte Garm, viel zu verstört, um auf die Wurst zu achten.

»Dann fang bloß nicht wieder damit an, oder ich zieh dir das Fell über die Ohren«, sagte der Bauer.

»Ich habe nichts Unrechtes getan. Ich wollte überhaupt nichts anstellen«, sagte der Hund. »Doch mir ist so rein zufällig ein Drache begegnet, und das hat mir einen Schrekken eingejagt.«

Dem Bauern stockte fast sein Bier im Hals. »Drache?« sagte er. »Zum Teufel mit deiner unnützen Herumschnüffelei! Wofür ziehst du auch los und findest einen Drachen, zu dieser Jahreszeit, und das mir, der ich alle Hände voll zu tun habe? Wo war das?«

»Ach! Nördlich über die Hügel und noch weiter, ungefähr jenseits der Stehenden Steine«, sagte der Hund.

»Oh, so weit weg!« sagte Giles, mächtig erleichtert. »Sonderbares Volk in jener Gegend, habe ich mir sagen lassen, und in ihrem Land kann alles mögliche passieren, solln sie allein damit fertig werden! Komm du mir nicht mit solchen lästigen Klatschgeschichten. Raus mit dir!«

Garm verschwand und verbreitete die Nachricht im ganzen Dorf. Er vergaß nicht zu erwähnen, daß sein Herr überhaupt nicht entsetzt war. »Ganz gelassen war er und frühstückte weiter.«

Die Leute schwatzten darüber vergnügt vor ihren Türen. »Wie in alten Zeiten«, sagten sie. »Auch gerade jetzt vor Weihnachten. So saisongemäß. Wie sehr sich der König freuen wird! Er wird diesmal Echten Schwanz zu Weihnachten haben können.«

Doch am nächsten Tag trafen weitere Nachrichten ein. Der Drache, so stellte sich heraus, war außerordentlich groß und grausam. Er richtete entsetzlichen Schaden an.

»Was ist mit den Rittern des Königs?« begannen die Leute zu fragen.

Andere hatten die gleiche Frage auch schon gestellt. Boten aus den von Chrysophylax am meisten geplagten Dörfern trafen nämlich jetzt beim König ein und sagten ihm so laut und so oft, wie sie es sich getrauten: »Herr, was ist mit Euren Rittern?«

Doch die Ritter unternahmen nichts; ihr Wissen vom Drachen war noch ganz inoffiziell. Also setzte sie der König von der Angelegenheit vollständig und förmlich in Kenntnis und erbat notwendigen Einsatz nach ihrem baldigen Belieben. Er war höchst ungehalten, als er merken mußte, daß ihr Belieben keineswegs baldig sein würde und in Wirklichkeit täglich verschoben wurde.

Aber die Ausreden der Ritter waren ohne Zweifel ehrenhaft. Vor allem hatte der Königliche Koch den Drachenschwanz für das kommende Weihnachtsfest schon bereitet, weil er aus Überzeugung ein Mann der Pünktlichkeit war. Man durfte ihn auf keinen Fall kränken, indem man im letzten Augenblick einen echten Schwanz anschleppte. Er war ein sehr schätzenswerter Bediensteter.

»Laßt doch den Schwanz! Schlagt ihm den Kopf ab und macht ihm ein Ende!« riefen die Boten aus den unmittelbar betroffenen Dörfern.

Doch die Weihnachtszeit war gekommen, und unglücklicherweise hatte man ein großes Turnier für den St.-Johannes-Tag angesetzt: Ritter aus vielen Königreichen waren eingeladen und kamen zum Wettkampf um einen wertvollen Preis. Es war ganz einfach unsinnig, die Chancen der Mittelreich-Ritter zu verderben, indem man die besten Männer auf eine Drachenjagd schickte, bevor das Turnier vorüber war.

Danach kamen die Neujahrsferien.

Aber in jeder Nacht war der Drache weiter vorgedrungen; und jede Bewegung hatte ihn näher nach Ham gebracht. In der Nacht zum Neujahrstage konnten die Leute in der Ferne eine lodernde Flamme sehen. Der Drache hatte sich in einem ungefähr zehn Meilen entfernten Wald niedergelassen, und der brannte munter vor sich hin. Es war nämlich ein feuriger Drache, wenn er mal recht in Stimmung war.

Damals begannen die Leute sich nach Bauer Giles umzusehen und hinter seinem Rücken zu flüstern. Das machte ihn unsicher, und er tat so, als merke er es nicht. Am nächsten Tag näherte sich der Drache wieder um einige Meilen. Nun begann Bauer Giles selber laut über die Schande der Ritter des Königs zu reden.

»Ich würde mal gerne wissen, was die für ihren Unterhalt leisten«, sagte er.

»Das würden wir auch ganz gerne!« sagte jeder in Ham.

Doch der Müller fügte hinzu: »Manche Männer erhalten die Ritterwürde durch pures Verdienst, habe ich mir sagen lassen. Eigentlich ist unser guter Aegidius hier schon ein Ritter, sozusagen. Hat der König ihm nicht einen roten Brief und ein Schwert geschickt?«

»Zur Ritterwürde gehört mehr als ein Schwert«, sagte Giles. »Da ist noch der Ritterschlag und all das Drumherum, soviel ich weiß. Ganz gleich, ich muß mich auch um meinen eigenen Kram kümmern.«

»Oh! Aber der König würde den Ritterschlag ganz gewiß erteilen, wenn man ihn darum bäte«, sagte der Müller. »Laßt uns ihn fragen, bevor es zu spät ist!«

»Nicht doch!« sagte Giles. »Der Ritterschlag paßt nicht zu mir. Ich bin ein Bauer und bin stolz darauf: ein einfacher, ehrlicher Mann, und ehrlichen Männern ergeht es schlecht bei Hofe, wie man hört. Euch steht das eher an, Meister Müller.«

Dem Pfarrer kam ein Lächeln: nicht wegen der gewitzten Erwiderung des Bauern, denn Giles und der Müller wischten sich immer gern mal eins aus: sie waren Busenfeinde, wie man in Ham sagte. Der Pfarrer hatte plötzlich eine Eingebung, die ihm recht gut gefiel, doch er redete im Augenblick nicht weiter darüber. Der Müller war weniger zufrieden und grollte.

»Einfach gewiß, und vielleicht ehrlich«, sagte er. »Doch muß man zum Hofe gehen und Ritter werden, bevor man einen Drachen tötet? Mut ist alles, was man braucht, wie ich erst gestern Meister Aegidius habe verkünden hören. Er ist doch bestimmt genauso mutig wie irgend ein Ritter?«

Die herumstehenden Leute riefen: »Natürlich nicht!« oder »Aber sicher! Drei Hochrufe für den Helden von Ham!«

Hierauf ging Bauer Giles voller Unbehagen nach Hause. Er mußte erfahren, daß lokales Ansehen ständiger Auffrischung bedarf, was sich als sehr unangenehm erweisen kann. Er versetzte dem Hund einen Fußtritt und versteckte das Schwert in einem Schrank in der Küche. Bis dahin hatte es über dem Kamin gehangen.

Am nächsten Tag rückte der Drache bis zum Nachbardorf Quercetum vor (»Eichholz« in der Umgangssprache). Er fraß nicht nur Schafe, Kühe und ein oder zwei Personen zarteren Alters, sondern auch den Pfarrer. Reichlich tollkühn hatte dieser versucht, ihn von seinem gottlosen Treiben abzubringen. Darauf gab es einen schrecklichen Tumult. Alle Einwohner von Ham kamen den Hügel herauf, angeführt von ihrem eigenen Pfarrer; und sie umringten Bauer Giles.

»Wir verlassen uns auf dich!« sagten sie; und sie blieben, standen herum und schauten, bis das Gesicht des Bauern röter war als sein Bart.

»Wann ziehst du los?« fragten sie.

»Nun, heute kann ich nicht, und dabei bleibt's«, sagte er. »Ich habe genug am Halse mit meinem kranken Stallknecht und überhaupt. Ich werde mich schon darum kümmern.«

Sie verließen ihn; doch abends verbreitete sich die Kunde, der Drache habe sich noch mehr genähert. Also kamen sie alle wieder.

»Wir verlassen uns auf dich, Meister Aegidius«, sagten sie.

»Nun«, sagte er, »es paßt mir jetzt gerade ganz schlecht. Meine Stute lahmt, und das Lammen hat begonnen. Sobald ich kann, kümmere ich mich darum.«

Also verließen sie ihn nochmals, nicht ohne einiges Murren und Flüstern. Der Müller kicherte. Der Pfarrer aber blieb und konnte sich nicht trennen. Er lud sich selbst zum Abendessen ein und machte manche spitze Bemerkung. Er erkundigte sich sogar nach dem Schwert und bestand darauf, es zu sehen.

Es lag in einem Schrankfach, wo es gerade noch hineinpaßte; und kaum holte Bauer Giles es heraus, sprang es blitzschnell aus der Scheide; der Bauer ließ sie fallen, als sei sie glutheiß. Der Pfarrer schnellte hoch, wobei er sein Bier umstieß. Vorsichtig nahm er das Schwert auf und versuchte, es zurück in die Scheide zu stecken; doch es ging nicht einmal einen Fuß tief hinein und sprang wieder ganz heraus, sobald er seine Hand vom Heft nahm.

»Du meine Güte! Das ist sehr sonderbar!« sagte der Pfarrer und prüfte eingehend Klinge und Scheide. Er war ein studierter Mann, im Gegensatz zu dem Bauern, der nur mit Mühe Großbuchstaben entziffern konnte und nicht einmal mit Sicherheit seinen eigenen Namen zu lesen vermochte. Deshalb hatte er nie die fremdartigen Lettern weiter beachtet, die auf Scheide und Schwert schwach zu sehen waren. Und was den Waffenschmied des Königs betrifft, so war dieser bei Schwertern und Scheiden dermaßen an Runen, Namen und andere Zeichen von Macht und tieferer Bedeutung gewöhnt, daß er sich darüber nicht den Kopf zerbrochen hatte; außerdem hielt er sie für überholt.

Der Pfarrer dagegen prüfte die Waffe eingehend und runzelte die Stirn. Er hatte etwas Geschriebenes auf dem Schwert oder der Scheide zu finden gehofft, und eben dies war der Gedanke gewesen, der ihm am Tag zuvor gekommen war; doch nun überraschte es ihn, was er da sah; denn da waren zwar Buchstaben und Zeichen, gewiß, doch konnte er sich keinen Reim darauf machen.

»Da ist eine Inschrift auf der Scheide, und einige, hm, epigraphische Zeichen sind auch auf dem Schwert deutlich zu erkennen«, sagte er.

»Wirklich?« sagte Giles. »Und was besagt das?«

»Die Buchstaben sind veraltet, und die Sprache ist ungeschlacht«, sagte der Pfarrer, um Zeit zu gewinnen. »Ein wenig nähere Untersuchung wäre dazu erforderlich.« Er bat, ihm das Schwert für eine Nacht zu leihen, und der Bauer überließ es ihm mit Vergnügen.

Daheim nahm der Pfarrer viele gelehrte Bücher aus seinen Regalen und blieb auf bis tief in die Nacht. Am nächsten Morgen stellte sich heraus, daß der Drache noch näher gekommen war. Alle Leute von Ham verriegelten die Türen und verrammelten die Fenster; und jene, die Keller hatten, stiegen hinunter und saßen zitternd bei Kerzenlicht.

Doch der Pfarrer stahl sich hinaus und ging von Tür zu Tür; er erzählte allen, die ihn durch einen Spalt oder ein Schlüsselloch anhören wollten, was er in seinem Studierzimmer herausgefunden hatte.

»Unser guter Aegidius«, sagte er, »ist durch die Gnade des Königs jetzt der Besitzer von Caudimordax, dem berühmten Schwert, das in den Volkssagen schlicht Schwanzbeißer genannt wird.«

Wer den Namen hörte, öffnete meist die Tür. Alle kannten den Ruhm von Schwanzbeißer, denn dieses Schwert hatte einst Bellomarius gehört, dem größten aller Drachentöter des Königreiches. Einige Erzählungen machten ihn zum Ur-Urgroßvater des Königs mütterlicherseits. Die Lieder und Legenden über seine Taten waren zahlreich, und wenn sie auch am Hofe in Vergessenheit geraten waren, entsann man sich ihrer doch auf den Dörfern.

»Dieses Schwert«, sagte der Pfarrer, »ist nicht in der Scheide zu halten, wenn sich innerhalb von fünf Meilen ein Drache befindet; in den Händen eines mutigen Mannes kann ihm zweifellos kein Drache widerstehen.«

Da begannen die Leute wieder Mut zu fassen; und einige öffneten die Fensterläden und steckten die Köpfe heraus. Schließlich überredete der Pfarrer ein paar von ihnen, mit ihm zu kommen; doch nur der Müller zeigte wirklichen Eifer. Giles so richtig in der Klemme zu sehen, schien ihm das Risiko wert.

Sie gingen den Hügel hinauf, nicht ohne besorgte Blikke gen Norden über den Fluß. Von dem Drachen war nichts zu sehen. Wahrscheinlich schlief er, hatte er sich doch während der ganzen Weihnachtszeit ordentlich gemästet.

Der Pfarrer (und der Müller) hämmerten gegen des Bauern Tür. Keine Antwort. Also hämmerten sie stärker. Schließlich kam Giles heraus. Sein Gesicht war sehr rot. Auch er war bis tief in die Nacht auf gewesen und hatte ziemlich viel Bier getrunken und gleich wieder damit begonnen, kaum daß er aufgestanden war.

Sie alle drängten sich um ihn, nannten ihn Guter Aegidius, Kühner Ahenobarbus, Großer Julius, Getreuer Agricola, Stolz von Ham, Held der Bauern. Und sie redeten von Caudimordax, von Schwanzbeißer, dem Schwert, das sich nicht in die Scheide stecken lasse, von Tod oder Sieg, vom Ruhm der Bauernwehr, vom Rückgrat des Landes und dem Wohl der Mitmenschen, bis der Bauer hoffnungslos verwirrt war.

»Nun denn! Einer nach dem anderen!« sagte er, als er endlich Gelegenheit hatte. »Was soll das, was soll das? Ich habe heute einen rappelvollen Tag, wißt ihr.«

Sie ließen also den Pfarrer die Lage erklären. Danach hatte der Müller das Vergnügen, den Bauern so fest in der Klemme zu sehen, wie er sich's nur wünschen konnte. Doch verlief nicht alles ganz so, wie der Müller hoffte. Einmal weil Giles eine Menge Starkbier getrunken hatte. Und zum anderen, weil ihn ein sonderbares Gefühl von Stolz und Ermutigung packte, als er erfuhr, daß dieses Schwert tatsächlich Schwanzbeißer war. Als er noch ein Junge war, hatten ihm die Geschichten über Bellomarius besonders gut gefallen, und noch bevor er denken konnte, hatte er sich so manches Mal gewünscht, er könne ein prächtiges und heldengemäßes Schwert ganz für sich alleine haben. So überkam es ihn plötzlich, daß er Schwanzbeißer pakken und auf Drachenjagd gehen würde. Doch sein ganzes Leben lang ans Feilschen gewöhnt, bemühte er sich nochmals, die Angelegenheit hinauszuschieben.

»Was!« sagte er. »Ich und auf Drachenjagd? In meinen alten Gamaschen und dem alten Wams? Zum Drachenkampf braucht es so etwas wie eine Rüstung, soweit ich unterrichtet bin. In diesem Haus gibt es nichts dergleichen, und das ist eine Tatsache«, sagte er.

Das war etwas mißlich, sie sahen es alle ein; doch ließen sie den Hufschmied holen. Der Hufschmied schüttelte den

Kopf. Er war ein schwerfälliger, düsterer Mann, gemeinhin als Sonniger Sam bekannt, obwohl sein richtiger Name Fabricius Cunctator war. Er pfiff nie beim Arbeiten, es sei denn irgend ein Unglück (etwa Frost im Mai) traf pünktlich ein, nachdem er es vorhergesagt hatte. Da er aber täglich Unglücke jeglicher Art vorhersagte, ereigneten sich nur wenige ohne seine Weissagung, und er konnte sie sich zugute halten. Das war sein Hauptvergnügen; und deshalb widerstrebte es ihm selbstverständlich, irgend etwas zu unternehmen, um sie zu verhüten. Er schüttelte wieder seinen Kopf.

»Ich kann nicht eine Rüstung aus nichts machen«, sagte er. »Es schlägt nicht in mein Fach. Laß dir lieber vom Tischler einen hölzernen Schild anfertigen. Viel helfen wird er dir freilich nicht. Es ist ein feuerspeiender Drache.«

Sie zogen lange Gesichter; doch der Müller war nicht so leicht von seinem Plan abzubringen, Giles, wenn möglich, zum Drachen zu schicken; oder aber, sollte der sich schließlich weigern, den ganzen Schwindel seines Dorfruhms auffliegen zu lassen. »Wie wär's mit einem Kettenpanzer?« sagte er. »Der könnte uns weiterhelfen; und er braucht auch nicht fein gearbeitet zu sein. Ist er doch für den Ernstfall und nicht zum Protzen bei Hofe. Wie wär's mit deinem alten Lederwams, Freund Aegidius? Und in der Schmiede gibt es einen großen Berg Kettenglieder und Ringe. Ich nehme an, Meister Fabricius weiß selbst nicht, was da alles herumliegt.«

»Du weißt nicht, wovon du sprichst«, sagte der Schmied, wobei er besserer Laune wurde. »Wenn du einen richtigen Kettenpanzer meinst, den kannst du nicht haben. Dazu ist die Geschicklichkeit von Zwergen nötig, wo doch jeder noch so kleine Ring in vier andere passen muß, und überhaupt. Selbst wenn ich die Fertigkeit dafür hätte, müßte ich wohl wochenlang arbeiten. Und vorher werden wir alle in unseren Gräbern sein«, sagte er, »oder mindestens im Drachen.«

Sie alle rangen die Hände in Verzweiflung, und der Schmied begann zu lächeln. Doch sie waren jetzt so unruhig, daß sie nicht bereit waren, des Müllers Plan aufzugeben, und ihn um seinen Rat baten.

»Nun«, sagte er, »ich habe mal gehört, daß früher diejenigen, die sich keine glänzenden Harnische aus dem Südland kaufen konnten, einfach Stahlringe auf ein Lederhemd nähten und damit auch zufrieden waren. Sehen wir doch mal, was sich in dieser Richtung machen läßt.«

Also mußte Giles sein altes Wams herausholen, und der Schmied wurde in seine Schmiede zurückgejagt. Dort durchstöberten sie jeden Winkel und durchwühlten den Haufen alten Metalls von oben bis unten, wie es seit vielen Jahren nicht mehr vorgekommen war. Zu unterst fanden sie einen ganzen Berg kleiner Ringe, stumpf von Rost, die von irgend einem vergessenen Rock, einem solchen, wie ihn der Müller beschrieben hatte, abgefallen waren. Sam, unwilliger und düsterer, je mehr die Aufgabe hoffnungsvoller schien, wurde auf der Stelle an die Arbeit gesetzt. Er sammelte, ordnete und reinigte die Ringe; und als (wie er befriedigt feststellte) diese offenkundig nicht ausreichten für jemanden mit so mächtigem Brustumfang wie Meister Aegidius, brachten sie ihn dazu, alte Ketten zu sprengen und die Glieder zu Ringen zu hämmern, so fein, wie es ihm sein handwerkliches Talent erlaubte.

Die kleineren Stahlringe nähten sie vorne auf das Wams; die größeren und plumperen auf den Rücken; und als dann noch mehr Ringe zum Vorschein kamen – so arg wurde der arme Sam bedrängt –, holten sie eine von des Bauern Hosen und benähten auch sie mit Ringen. Und hoch auf einem Brett in einem dunklen Winkel der Schmiede fand der Müller den alten Eisenrahmen eines Helmes und brachte den Schuster dazu, ihn so recht und schlecht mit Leder zu überziehen.

Die Arbeit nahm sie den ganzen übrigen Teil des Tages in Anspruch und den ganzen nächsten Tag – es kam die letzte der Rauhnächte, der Vorabend von Dreikönig; doch niemand dachte an Festlichkeiten. Bauer Giles feierte das Ereignis mit mehr Bier als gewöhnlich; der Drache dagegen schlief gnädig. Er hatte einstweilen Hunger oder Schwerter völlig vergessen.

Früh am Dreikönigstag brachten sie das seltsame Ergebnis ihrer Handarbeit den Hügel herauf. Giles erwartete sie. Er konnte jetzt keine Ausreden mehr vorbringen; also zog er Kettenwams und Hose an. Der Müller kicherte. Dann zog Giles seine Stulpenstiefel über und schnallte daran ein Paar alte Sporen; nun kam der lederüberzogene Helm. Doch ganz zum Schluß stülpte Giles einen alten Filzhut über den Helm, und über das Kettenwams warf er seinen weiten grauen Mantel.

»Was soll das bedeuten, Meister?« fragten sie.

»Nun«, sagte Giles, »euch mag es ja gefallen, klingend und klimpernd wie ein ganzes Canterbury-Glockenspiel auf Drachenjagd zu gehen, mir nicht. Ist doch töricht, einen Drachen eher als notwendig wissen zu lassen, daß man die Straße entlangkommt. Und ein Helm ist ein Helm und eine Herausforderung zum Kampf. Der Wurm soll nur meinen alten Hut über der Hecke zu sehen bekommen; vielleicht bin ich ihm dann schon näher, ehe der Schlamassel anfängt.«

Sie hatten die Ringe derart angenäht, daß sie übereinander lagen; jeder hing locker auf dem anderen, und sie klimperten, daß es nur so eine Art hatte. Der Mantel dämpfte ihr Geräusch, doch Giles gab in seiner Montur eine komische Figur ab. Sie sagten es ihm aber nicht. Mit Mühe banden sie den Gürtel um seinen Leib und hängten daran die Scheide; das Schwert freilich mußte er in der Hand tragen, denn es ließ sich nicht länger in der Scheide halten, es sei denn unter größter Anstrengung.

Der Bauer rief nach Garm. Er war ein gerechter Mann, soweit ihm das seine Geisteskräfte erlaubten. »Hund«, sagte er, »du kommst mit mir.«

Der Hund jaulte. »Helft! Helft!« heulte er.

»Schluß jetzt!« sagte Giles. »Oder ich verpaß dir mehr, als irgend ein Drache könnte. Du kennst den Geruch dieses Wurms, und vielleicht zeigst du dich wenigstens ein einziges Mal brauchbar.«

Dann rief er nach seiner grauen Stute. Sie musterte ihn unsicher und schnupperte an seinen Sporen. Doch sie ließ ihn aufsteigen; und dann zogen sie von dannen, und keiner von ihnen fühlte sich besonders wohl. Sie trabten durchs Dorf, und alle Leute klatschten und jubelten, meistens aus den Fenstern. Der Bauer und seine Stute bemühten sich, gute Miene zum bösen Spiel zu machen; doch Garm ging jegliches Schamgefühl ab, und er schlich mit eingezogenem Schwanz vorüber.

Sie überquerten die Flußbrücke am Ende des Dorfes. Als sie schließlich ganz außer Sicht waren, fielen sie aus dem Trab in den Schritt. Doch nur allzubald verließen sie die Ländereien, die dem Bauern Giles und anderen Leuten aus Ham gehörten, und kamen in Gegenden, die der Drache heimgesucht hatte. Da waren niedergebrochene Bäume, verbrannte Hecken und geschwärztes Gras und ein scheußlich umheimliches Schweigen.

Die Sonne schien warm, und Bauer Giles kam der

Wunsch, sich keck des einen oder anderen Kleidungsstückes zu entledigen; und er wußte nicht recht, ob er nicht über den Durst getrunken hatte. »Ein hübscher Schlußstrich unter Weihnachten und alles«, dachte er. »Und ich werde Glück haben, wenn es sich nicht auch als mein Schlußstrich erweist.« Er trocknete sein Gesicht mit einem großen Taschentuch – grün, nicht rot; denn Rot reizt wütende Drachen, jedenfalls hatte er so sagen hören.

Aber er konnte den Drachen nicht finden. Er ritt viele Wege, breite und schmale, und über die verwüsteten Felder anderer Bauern, und immer noch konnte er den Drachen nicht finden. Garm war natürlich ganz unnütz. Er hielt sich dicht hinter der Stute und weigerte sich, von seiner Nase Gebrauch zu machen.

Schließlich kamen sie auf eine gewundene Straße, die kaum beschädigt war und ruhig und friedlich schien. Nachdem sie ihr eine halbe Meile gefolgt waren, begann Giles sich zu fragen, ob er nicht seine Pflicht erfüllt und genug für sein Ansehen getan habe. Gerade war er zu dem Schluß gekommen, daß er nun lange und weit genug gesucht habe, gerade dachte er ans Umkehren und an sein Essen, und daß er seinen Freunden erzählen werde, der Drache habe ihn kommen sehen und sei davongeflogen, als er um eine scharfe Ecke bog.

Da war der Drache; er lag halb über einer niedergebrochenen Hecke, den entsetzlichen Kopf mitten auf der Straße. »Helft!« sagte Garm, und weg war er. Die graue Stute setzte sich jäh auf den Boden, und Bauer Giles verzog sich rückwärts in einen Graben. Als er mit seinem Kopf wieder vorkam, war der Drache hellwach und schaute ihn an.

»Guten Morgen!« sagte der Drache. »Du scheinst überrascht zu sein.«

»Guten Morgen!« sagte Giles. »Das bin ich.«

»Entschuldigt«, sagte der Drache. Er hatte sehr argwöhnisch die Ohren gespitzt, als er das Geräusch von klimpernden Ringen auffing beim Sturz des Bauern. »Entschuldigt meine Frage, aber habt Ihr vielleicht ganz zufällig nach mir gesucht?«

»Nein, wirklich nicht!« sagte der Bauer. »Wer hätte dich schon hier erwartet? Ich bin nur mal ausgeritten.«

Er kroch eilig wieder aus dem Graben und ging rückwärts zu der grauen Stute. Sie war wieder auf den Beinen, knabberte etwas Gras am Wegrand und schien ganz unbeteiligt.

»Dann treffen wir uns zufällig«, sagte der Drache. »Es soll mir ein Vergnügen sein. Ich vermute, das sind Eure Sonntagskleider. Etwa eine neue Mode?« Bauer Giles' Filzhut war heruntergefallen, und sein grauer Umhang war verrutscht; doch er verteidigte sich frech.

»Freilich«, sagte er, »brandneu. Nur – ich muß diesem Hund von mir nachsetzen. Ich glaube, er stöbert Kaninchen auf.«

»Das glaube ich nicht«, sagte Chrysophylax und leckte seine Lippen (ein Zeichen von Belustigung). »Er wird lange vor Euch zu Hause sein, nehme ich an. Doch bitte, setzt Euren Weg fort, Meister – laßt mich nachdenken, ich glaube, ich kenne Euren Namen nicht?«

»So wenig wie ich den Euren«, sagte Giles; »und dabei wollen wir es bewenden lassen.«

»Wie Ihr wünscht«, sagte Chrysophylax, leckte wieder seine Lippen und tat so, als schlösse er die Augen. Er hatte ein verruchtes Herz (wie alle Drachen), doch kein sehr mutiges (was nicht ungewöhnlich ist). Er bevorzugte eine Mahlzeit, für die er nicht kämpfen mußte; aber der Appetit war nach einem ausgiebigen Schlaf zurückgekehrt. Der

Pfarrer von Eichholz war zäh gewesen, und Jahre war es her, daß er einen großen, dicken Mann verspeist hatte. Er war jetzt entschlossen, diese bequeme Beute zu kosten und wartete nur darauf, daß der alte Narr mal nicht aufpaßte.

Der alte Narr indessen war nicht so blöd, wie er aussah, und behielt den Drachen im Auge, auch in den Momenten, wo er sich bemühte, wieder in den Sattel zu kommen. Die Stute hatte freilich andere Vorstellungen, sie schlug aus und scheute, als Giles sie zu besteigen versuchte. Der Drache wurde ungeduldig und machte sich sprungbereit.

»Entschuldigt!« sagte er. »Habt Ihr nichts fallen lassen?«

Ein uralter Trick, aber er hatte Erfolg; denn Giles hatte tatsächlich etwas fallen lassen. Beim Sturz war ihm Caudimordax (im Volksmund »Schwanzbeißer«) entglitten, und jetzt lag er dort am Wegrand. Er bückte sich, um ihn aufzuheben; und der Drache sprang. Doch nicht so schnell wie Schwanzbeißer. Sobald er in der Hand des Bauern war, schoß er wie ein Blitz direkt gegen die Augen des Drachen.

»Heda!« sagte der Drache und verhielt ruckartig. »Was habt Ihr da?«

»Nur Schwanzbeißer, der mir vom König überreicht worden ist«, sagte Giles.

»Der Irrtum ist bei mir!« sagte der Drache. »Ich bitte um Verzeihung.« Er lag unterwürfig da, und Bauer Giles begann sich etwas behaglicher zu fühlen. »Ich finde, Ihr wart nicht ehrlich mit mir.«

»Wieso nicht?« sagte Giles. »Und überhaupt, warum sollte ich?«

»Ihr habt Euren ruhmreichen Namen vor mir verborgen und so getan, als sei unser Treffen zufällig; Ihr seid jedoch offenbar ein Ritter aus altem Geschlecht. Es war,

Herr, unter Rittern Brauch, in solchen Fällen förmlich zum Kampf aufzufordern, nach einem angemessenen Austausch von Titeln und Referenzen.«

»Möglich, daß so der Brauch war, und möglich, daß er es immer noch ist«, sagte Giles, der langsam an sich selber Gefallen fand. Ein Mann, vor dem ein riesiger und kaiserlicher Drache auf dem Bauche kriecht, mag entschuldigt sein, wenn er sich ein bißchen gehoben fühlt. »Doch Ihr seid nicht nur in einem einzigen Irrtum befangen, alter Wurm. Ich bin nicht Ritter. Ich bin der Bauer Aegidius von Ham, das bin ich; und ich dulde keine Eindringlinge. Ich habe schon Riesen mit meiner Donnerbüchse erschossen, und die hatten weniger Schaden angerichtet als du. Und da habe ich auch keine Kampfaufforderung abgegeben.«

Der Drache war verwirrt. »Verflucht sei der Lügner von einem Riesen!« dachte er. »Ich wurde schmählich getäuscht. Und wie, um alles in der Welt, verhält man sich gegenüber einem tollkühnen Bauern und einem so ruhmreichen und angriffslustigen Schwert?« Er konnte sich an keinen Musterfall für solch eine Situation erinnern. »Chrysophylax ist mein Name«, sagte er, »Chrysophylax der Reiche. Womit kann ich Euer Ehren dienen?« fügte er einschmeichelnd hinzu mit einem Blick auf das Schwert und der Hoffnung, einem Kampf zu entgehen.

»Du kannst dich davonmachen, du hörnerner alter Unhold«, sagte Giles, der ebenfalls hoffte, einem Kampf zu entgehen. »Ich möchte dich los sein. Verschwinde sofort von hier und kehr zurück in deine eigene schmutzige Höhle!« Er schritt auf Chrysophylax zu und schwenkte seine Arme, als wolle er Krähen verscheuchen.

Doch das genügte Schwanzbeißer vollauf. Blitzend kreiste er durch die Luft; dann stieß er hinunter und traf den Drachen am Gelenk des rechten Flügels – ein klingender Streich, der diesen überaus entsetzte. Natürlich kannte sich Giles nur sehr wenig in der Technik des Drachentötens aus, sonst wäre das Schwert auf einer empfindlicheren Stelle gelandet; doch Schwanzbeißer tat das Bestmögliche, was er in unerfahrenen Händen vermochte. Chrysophylax reichte das auch völlig – tagelang konnte er seinen Flügel nicht mehr gebrauchen. Er richtete sich auf und machte kehrt, um davonzufliegen, mußte aber entdecken, daß er nicht mehr konnte. Der Bauer sprang auf den Rücken der Stute. Der Drache begann zu laufen. So auch die Stute. Der Drache galoppierte schnaubend und keuchend über einen Acker. So auch die Stute. Der Bauer brüllte und schrie, als schaute er einem Pferderennen zu, und fuchtelte dauernd mit Schwanzbeißer. Je schneller der Drache lief, desto verwirrter wurde er; und die ganze Zeit gab die graue Stute ihr Bestes, ihm auf den Fersen zu bleiben.

Polternd jagten sie weiter, Landstraßen entlang und durch Zaunlücken hindurch, querfeldein über Stock und Stein, Bäche und Gräben. Der Drache dampfte und brüllte und verlor jegliche Orientierung. Schließlich kamen sie auf die Brücke von Ham, donnerten über sie hinweg und dröhnten die Dorfstraße hinunter. Da hatte Garm die Unverschämtheit, aus einer Seitengasse hervorzuwitschen und an der Jagd teilzunehmen.

Alle Leute waren an den Fenstern oder auf den Dächern. Einige lachten, andere jubelten, manche rasselten mit Blechkannen und Pfannen und Kesseln; wieder andere bliesen Hörner und Flöten und Pfeifen; und der Pfarrer ließ die Kirchenglocken läuten. Solch ein Trubel und Tschingdarassasa war seit hundert Jahren in Ham nicht mehr gehört worden.

Direkt vor der Kirche gab der Drache auf. Er blieb mitten auf der Straße liegen und schnappte nach Luft. Garm kam und schnüffelte an seinem Schwanz, doch Chrysophylax befand sich schon jenseits jeder Scham.

»Gute Leute und ritterlicher Krieger«, keuchte er, als Bauer Giles heranritt und die Dörfler sich um ihn versammelten (in angemessenem Abstand), bewehrt mit Heugabeln, Stangen und Feuerhaken. »Gute Leute, tötet mich nicht! Ich bin sehr reich. Ich will für den Schaden, den ich angerichtet habe, aufkommen. Ich will für die Trauerfeiern aller, die ich getötet habe, bezahlen, besonders für den Pfarrer von Eichholz; er soll ein prächtiges Grabmal bekommen – obwohl er ziemlich schmächtig war. Ich will jedem von euch ein wirklich anständiges Geschenk machen, wenn ihr mich nur nach Hause gehen laßt, damit ich's holen kann.«

»Wieviel?« fragte der Bauer.

»Nun«, sagte der Drache, schnell abwägend. Er bemerkte, daß die Menschenmenge recht groß war. »Dreizehn und acht Pence für jeden?«

»Läppisch!« sagte Giles. »Unsinn!« sagten die Leute. »Quatsch!« sagte der Hund.

»Zwei Gold-Guineen für jeden, Kinder die Hälfte?« sagte der Drache.

»Und was ist mit Hunden?« sagte Garm. »Nur weiter!« sagte der Bauer. »Wir hören.«

»Zehn Pfund und einen Beutel voll Silber für jede Seele und goldene Halsbänder für die Hunde?« sagte Chrysophylax besorgt.

»Bringt ihn um!« riefen die Leute, allmählich ungeduldig.

»Einen Sack voll Gold für jeden und Diamanten für die Damen?« sagte Chrysophylax hastig.

»Endlich redest du, doch nicht gut genug«, sagte Bauer

Giles. »Du hast die Hunde wieder übergangen«, sagte Garm. »Welche Sackgröße?« sagten die Männer. »Wie viele Diamanten?« sagten ihre Frauen.

»Ach je! Ach je!« sagte der Drache. »Ich werde ruiniert sein.«

»Du verdienst es«, sagte Giles. »Du kannst wählen zwischen ruiniert oder auf der Stelle getötet werden.« Er ließ Schwanzbeißer funkeln, und der Drache duckte sich.

»Entscheide dich!« riefen die Leute, die jetzt mutiger wurden und näher rückten.

Chrysophylax blinzelte; doch ganz tief in seinem Innern lachte er: ein lautloses Beben, das sie nicht bemerkten. Ihr Schachern machte ihm nachgerade Spaß. Anscheinend hofften sie, aus ihm etwas herauszuschlagen. Sie wußten herzlich wenig von dem Tun und Treiben in der weiten schlechten Welt – tatsächlich gab es unter den Lebenden im ganzen Reich keinen einzigen mehr, der irgendwelche praktischen Erfahrungen im Umgang mit Drachen und ihren Schlichen hatte. Chrysophylax kam wieder zu Atem und auch zu Verstand. Er leckte sich die Lippen.

»Nennt euren eigenen Preis!« sagte er.

Da begannen sie alle auf einmal zu sprechen. Chrysophylax hörte aufmerksam zu. Nur eine Stimme störte ihn: die des Hufschmieds.

»Das kann nicht gut gehen, denkt an mich!« sagte er. »Ein Lindwurm kommt nie zurück, was immer ihr auch sagt. Doch es wird so oder so kein gutes Ende nehmen.«

»Du kannst dich ja aus dem Handel raushalten, wenn das deine Meinung ist«, sagten sie ihm und fuhren fort mit Feilschen, wobei sie den Drachen nicht weiter beachteten.

Chrysophylax hob seinen Kopf; wenn er aber geglaubt hatte, er könne sich plötzlich auf die Leute stürzen oder während des Disputes unbemerkt entwischen, so hatte er sich getäuscht. Bauer Giles stand neben ihm, kaute an einem Strohhalm und schien in Gedanken; doch seine Hand hielt Schwanzbeißer, und er ließ den Drachen nicht aus den Augen.

»Bleib liegen, wo du bist!« sagte er, »oder du kriegst, was du verdienst, mit oder ohne Gold.«

Der Drache legte sich flach. Schließlich wurde der Pfarrer zum Sprecher ernannt, und er trat neben Giles. »Schändlicher Wurm!« sagte er. »Du mußt all deinen unrechtmäßigen Reichtum hierher bringen; und nachdem wir diejenigen abgefunden haben, die du geschädigt hast, wollen wir gerecht zwischen uns teilen. Wenn du dann ein feierliches Gelübde leistest, nie wieder unser Land zu stören, noch irgend ein anderes Ungeheuer anzustiften, daß es uns belästige, wollen wir dich heimziehen lassen samt Kopf und Schwanz. Und jetzt wirst du so schwere Eide ablegen, daß du zurückkommst (mit deinem Lösegeld), wie sie selbst das Gewissen eines Wurms als bindend erachten muß.«

Chrysophylax erklärte sich bereit, nachdem er zunächst sein Zögern eindrücklich zur Schau gestellt hatte. Er vergoß sogar heiße Tränen, seinen Ruin bejammernd, bis sich dampfende Lachen auf der Straße bildeten; doch keiner ließ sich dadurch erweichen. Er schwur viele Eide, feierliche und fremdartig tönende, daß er mit all seinem Reichtum zum Fest von St. Hilarius und St. Felix zurückkommen werde. Das hieß, daß ihm acht Tage für Hin- und Rückreise blieben – eine viel zu kurze Zeit, wie sich selbst diejenigen, die sich in Geographie nicht auskannten, leicht hätten ausrechnen können. Dessen ungeachtet ließen sie ihn ziehen und begleiteten ihn bis zur Brücke.

»Bis zum nächsten Mal!« sagte er, als er den Fluß

überquerte. »Wir freuen uns doch gewiß alle darauf.«

»Ganz bestimmt«, sagten sie. Natürlich waren sie sehr töricht. Zwar hätten die Eide, die er abgelegt hatte, sein Gewissen belasten müssen mit Kummer und großer Angst vor dem dräuenden Unheil, doch, ach, er besaß überhaupt kein Gewissen. Und wenn dieser bedauerliche Mangel bei einem Sproß kaiserlichen Geblütes auch jenseits des Begriffsvermögens eines einfachen Mannes lag, so hätte es sich wenigstens der Pfarrer mit seiner Bücherweisheit denken können. Er war ein Sprachforscher und konnte zweifellos weiter in die Zukunft blicken als andere.

Der Hufschmied schüttelte den Kopf, als er wieder in seine Schmiede ging. »Unheilvolle Namen«, sagte er. »Hilarius und Felix! Ihr Klang will mir gar nicht gefallen.«

Der König erfuhr natürlich schnell die Neuigkeit. Sie ging wie ein Lauffeuer durchs Land und verlor bei der Weitergabe nichts an Wirkung. Der König war tief beeindruckt, aus verschiedenen Gründen, wobei der finanzielle nicht der geringste war; und er beschloß, unverzüglich und höchst persönlich nach Ham zu reiten, wo sich angeblich solch seltsame Dinge zutrugen.

Vier Tage nach dem Abzug des Drachen traf er ein; auf seinem weißen Pferd kam er über die Brücke, mit vielen Rittern und Herolden und einem riesigen Troß. Alle Leute hatten ihre besten Kleider angetan und säumten die Straße, um ihn zu begrüßen. Der Reiterzug machte auf dem offenen Platz vor dem Kirchtor halt. Bauer Giles kniete vor dem König nieder, als er vorgestellt wurde; doch der König hieß ihn sich erheben und klopfte ihm sogar auf die Schulter. Die Ritter übersahen diese Vertraulichkeit geflissentlich.

Der König befahl dem ganzen Dorf, sich auf der großen Viehweide des Bauern Giles am Fluß zu versammeln; und als sie sich alle zusammengefunden hatten (einschließlich Garm, der sich angesprochen fühlte), zeigte sich Augustus Bonifacius rex et basileus huldvoll erfreut, das Wort an sie richten zu können.

Er erklärte ihnen vorsichtig, daß der Reichtum des Schurken Chrysophylax gänzlich ihm gehöre, ihm, dem Herrn des Landes. Er erwähnte recht beiläufig seinen Anspruch, als oberster Lehnsherr des Berglandes angesehen zu werden (was anfechtbar war); doch »eines steht für Uns jedenfalls fest«, sagte er, »daß nämlich der gesamte Schatz dieses Lindwurms Unseren Vorfahren gestohlen wurde. Trotzdem sind Wir, wie ihr alle wißt, sowohl gerecht als auch großmütig, und Unser getreuer Vasall Aegidius soll geziemend belohnt werden; auch soll keiner Unserer getreuen Untertanen hiesigen Orts ohne ein Zeichen Unserer Huld bleiben, vom Pfarrer bis zum jüngsten Kind. Denn Wir sind sehr zufrieden mit Ham. Hier wenigstens haben standhafte und unverdorbene Leute den altberühmten Mut Unseres Volkes bewahrt.« Die Ritter unterhielten sich währenddessen über die neue Hutmode.

Die Leute verbeugten sich und knicksten und dankten ihm ergeben. Doch wäre es ihnen nun lieber gewesen, wenn sie dem Angebot des Drachen, einem jeden zehn Pfund zu geben, gleich zugestimmt und über den ganzen Handel Stillschweigen bewahrt hätten. So welterfahren waren sie immerhin, daß sie mit Gewißheit ahnten: so weit würde die Freizügigkeit des Königs nicht gehen. Garm stellte fest, daß Hunde unerwähnt blieben. Bauer Giles war der einzige Anwesende, der richtig zufrieden war. Er konnte fest mit einer Belohnung rechnen und war überhaupt mächtig froh, einer scheußlichen Sache heil entkommen zu sein, ohne Einbuße an Geltung bei den Leuten; denn sein Dorfruhm strahlte nun heller denn je zuvor.

Der König zog nicht wieder ab. Er schlug seine Zelte im Weideland von Bauer Giles auf und erwartete den vierzehnten Januar, wobei er sich's wohl sein ließ, so gut ihm das in einem kläglichen Dorf weitab von der Hauptstadt möglich war. Das königliche Gefolge verzehrte binnen drei Tagen fast alles, was es im Dorf an Brot, Butter, Eier, Hühnchen, Speck und Hammelfleisch gab, und alles wurde weggesoffen, bis auf den letzten Tropfen alten Biers. Dann begannen die Leute über die schmale Kost zu murren. Doch der König zahlte für alles großzügig (in Gutschriften, die später durch die Staatskasse eingelöst werden sollten, von der er hoffte, daß sie in Kürze wieder reichlich aufgefrischt würde); so war es das Volk von Ham wohl zufrieden, weil es keine Ahnung vom tatsächlichen Zustand der Staatskasse hatte.

Der vierzehnte Januar kam, das Fest von Hilarius und Felix, und jedermann war früh auf den Beinen. Die Ritter legten ihre Rüstungen an. Der Bauer zog sein hausgemachtes Kettenhemd über, und sie lächelten unverhohlen, bis sie das Mißfallen des Königs erregten. Der Bauer band sich auch Schwanzbeißer um, und der rutschte leicht wie geschmiert in die Scheide und blieb drinnen. Der Pfarrer beobachtete aufmerksam das Schwert und nickte sich selber beifällig zu. Der Hufschmied lachte.

Es wurde Mittag. Die Leute waren so aufgeregt, daß sie nicht viel essen konnten. Langsam verstrich der Nachmittag. Immer noch zeigte Schwanzbeißer keinerlei Neigung, aus der Scheide zu springen. Keiner der Beobachter auf dem Hügel und keiner von den kleinen Jungen, die in die Wipfel hoher Bäume geklettert waren, konnte in der Luft oder zu Lande irgend etwas sehen, was die Rückkehr des Drachen ankündigen mochte.

Der Hufschmied spazierte pfeifend umher; erst als der Abend dämmerte und die Sterne hervorkamen, begannen auch die anderen Leute des Dorfes zu argwöhnen, daß der Drache überhaupt nicht daran dachte zurückzukommen. Doch sie erinnerten sich an seine vielen feierlichen und fremdartig tönenden Eide und hofften weiter. Als es jedoch Mitternacht schlug und der verabredete Tag vorüber war, da war ihre Enttäuschung groß. Der Hufschmied jedoch war fidel.

»Ich habe euch ja gewarnt«, sagte er. Doch sie waren immer noch nicht überzeugt.

»Immerhin war er schwer verletzt«, sagten manche. »Wir haben ihm nicht genug Zeit gelassen«, sagten andere. »Es ist ein mächtig langer Weg in die Berge, und er muß eine Menge zu tragen haben. Vielleicht hat er Hilfe holen müssen.«

Doch der nächste Tag verging und der darauffolgende. Dann gaben sie alle die Hoffnung auf. Der König war rot vor Zorn. Speisen und Getränke waren ausgegangen, und die Ritter murrten laut. Sie wollten zu den Lustbarkeiten des Hofes zurückkehren. Doch der König wollte Geld. Er nahm Abschied von seinen getreuen Untertanen, aber er tat es kurz und unwirsch; und er strich die Hälfte aller Gutschriften zu Lasten der Staatskasse. Bauer Giles gegenüber war er ziemlich kühl und entließ ihn mit einem Kopfnicken.

»Ihr werdet später noch von Uns hören«, sagte er und ritt mit seinen Rittern und Herolden davon.

Die Hoffnungsvolleren und Einfältigeren glaubten, daß bald eine Botschaft von Hofe kommen würde, die Meister Aegidius zum König beriefe, damit er wenigstens zum Ritter geschlagen würde. Nach einer Woche kam die Botschaft, doch sie war von anderer Art. Sie war in dreifacher Ausführung geschrieben und unterzeichnet: eine Abschrift für Giles; eine für den Pfarrer; und eine, um ans Kirchentor genagelt zu werden. Nur die Ausfertigung für den Pfarrer war von Nutzen, denn die Kanzleischrift war eigentümlich und für die Leute von Ham so unverständlich wie Bücherlatein. Doch der Pfarrer übertrug den Brief in die Umgangssprache und verlas ihn von der Kanzel. Er war kurz und sachlich (für einen königlichen Brief); der König hatte es eilig.

Wir, Augustus B. A. A. P. und M. rex et cetera geben bekannt, daß Wir beschlossen haben zur Sicherheit des Reiches und zur Erhaltung Unserer Ehre, daß der Wurm oder Drache, der sich als Chrysophylax der Reiche bezeichnet, ausfindig gemacht und gebührend bestraft werden soll für seine Vergehen, Kränkungen, Verbrechen und seinen abscheulichen Eidbruch. Alle Ritter Unserer königlichen Hofhaltung erhalten hiermit den Befehl, sich zu bewaffnen und bereit zu machen, um an diesem Feldzug teilzunehmen, sobald Meister Aegidius A. J. Agricola an diesem Unserem Hofe eintreffen wird. In Anbetracht der Tatsache, daß besagter Aegidius sich als verläßlicher Mann erwiesen hat, der sehr wohl in der Lage ist, mit Riesen, Drachen und anderen Feinden des königlichen Friedens fertig zu werden, befehlen Wir ihm somit, unverzüglich loszureiten und sich der Gesellschaft Unserer Ritter eiligst anzuschließen.

Die Leute meinten, das sei eine hohe Ehre und fast so gut, wie wenn er zum Ritter geschlagen worden wäre. Der Müller war eifersüchtig. »Freund Aegidius macht seinen Aufstieg in der Gesellschaft«, sagte er. »Ich hoffe, er kennt uns noch, wenn er zurückkommt.«

»Vielleicht kommt er nie mehr zurück«, sagte der Hufschmied.

»Von dir langt's mir jetzt, du altes Pferdegesicht!« sagte der Bauer schwer verärgert. »Zum Teufel mit der Ehre! Sollte ich je zurückkehren, so wird mir zwar selbst die Gesellschaft des Müllers willkommen sein. Doch die Vorstellung, euch beide eine Weile nicht zu sehen, ist immerhin ein kleiner Trost.« Und damit verließ er sie.

Dem König kann man nicht mit Ausreden kommen, wie man es bei den Nachbarn macht. Lämmer hin, Lämmer her, ob's was zu pflügen gab oder nicht, sei's Milch, sei's Wasser, egal – er mußte seine graue Stute besteigen und losziehen. Der Pfarrer begleitete ihn ein Stück.

»Ich hoffe, Ihr habt ein ordentliches Stück Seil bei Euch?« sagte er.

»Wozu?« sagte Giles. »Um mich aufzuhängen?«

»Nein! Faßt Mut, Meister Aegidius!« sagte der Pfarrer. »Mir scheint, Ihr dürft Eurem Glück vertrauen. Doch nehmt auch ein langes Seil mit, denn es könnte sein, daß Ihr es braucht – wenn meine Ahnungen mich nicht täuschen. Und nun lebt wohl und kommt gesund zurück!«

»Ja ja! Zurückkommen, um Haus und Land in verwahrlostem Zustand vorzufinden! Verdammte Drachen!« sagte Giles. Dann, als er ein langes Seil in einen Beutel am Sattel gestopft hatte, stieg er auf und ritt davon.

Den Hund nahm er nicht mit; der hatte sich während des ganzen Morgens überhaupt nicht blicken lassen. Doch als der Bauer weg war, kam Garm nach Hause geschlichen, und dort blieb er und heulte die ganze Nacht und wurde dafür geschlagen und heulte weiter.

»Helft, o helft!« jammerte er. »Nie mehr werde ich den lieben Herrn sehen, und er war so schrecklich und so großartig. Ich wünschte, ich wäre mit ihm gegangen, wirklich.«

»Hör auf«, sagte die Frau des Bauern, »oder du wirst es nicht mehr erleben, ob er zurückkommt oder nicht.«

Der Hufschmied hörte das Heulen. »Ein schlechtes Omen«, sagte er wohlgelaunt.

Viele Tage verstrichen, und keine Nachricht kam. »Keine Nachricht, schlechte Nachricht«, sagte er und trällerte los.

Als Bauer Giles bei Hofe ankam, war er müde und schmutzig. Doch die Ritter in blitzblanker Rüstung und mit schimmernden Helmen auf den Köpfen standen alle marschbereit bei ihren Pferden. Des Königs Anordnungen und die Einbeziehung des Bauern hatten sie verärgert, und deshalb bestanden sie darauf, die Befehle buchstäblich zu befolgen und im selben Augenblick aufzubrechen, da Giles eintraf. Der arme Bauer hatte kaum Zeit, einen Bissen mit einem Schluck Wein hinunterzuspülen, als er schon wieder draußen auf der Straße war. Die Stute war beleidigt. Was sie vom König dachte, blieb glücklicherweise unausgesprochen, denn es war höchst unehrerbietig.

Es war schon spät am Tag. »Zu spät am Tag, um eine Drachenjagd zu beginnen«, dachte Giles. Allerdings zogen sie nicht weit. Die Ritter hatten es nicht eilig, nachdem sie einmal aufgebrochen waren. Sie ritten ohne Hast in ungeregelter Reihenfolge, Ritter, Junker, Diener und Ponies mit Gepäck; und Bauer Giles schaukelte auf seiner müden Mähre hinterdrein.

Als der Abend kam, machten sie halt und schlugen ihre Zelte auf. Für Bauer Giles war nicht vorgesorgt worden, und er mußte sich sein Zeug notdürftig zusammenborgen. Die Stute war empört und erachtete ihre Untertanenpflicht gegenüber dem Hause des Augustus Bonifacius für null und nichtig.

Den nächsten Tag ritten sie weiter, ebenso den ganzen übernächsten Tag. Am dritten Tag gewahrten sie in der Ferne die düsteren und unwirtlichen Berge. Schon lange waren sie in Gegenden, wo die Herrschaft des Augustus Bonifacius nicht allgemein anerkannt war. Sie ritten daher mit mehr Vorsicht und hielten sich dicht beisammen.

Am vierten Tag erreichten sie die Wilden Hügel und die Grenzen zu den unsicheren Gegenden, wo angeblich sagenhafte Wesen hausten. Plötzlich traf einer von denen, die voranritten, auf verdächtige Fußabdrücke im Sand an einem Fluß. Sie riefen nach dem Bauern.

»Was ist das, Meister Aegidius?« fragten sie.

»Drachenspuren«, sagte er.

»Übernimm du die Führung!« sagten sie.

Also ritten sie jetzt gen Westen mit Bauer Giles an der Spitze; und alle Ringe auf seinem Lederwams klimperten. Das störte wenig; denn die Ritter lachten und unterhielten sich, und ein Spielmann ritt mit ihnen und sang ein Lied. Dann und wann nahmen sie den Refrain des Liedes auf und sangen ihn alle zusammen, sehr laut und kräftig. Es war anspornend – denn das Lied war gut, es war vor langer Zeit gemacht worden, in Tagen, als Schlachten noch üblicher waren als Turniere –, doch es war unklug. Alle Lebewesen dieses Landes waren nun von ihrem Kommen unterrichtet, und in allen Höhlen des Westens spitzten die Drachen die Ohren. Es war den Rittern nun nicht mehr möglich, den alten Chrysophylax schlafend zu schnappen.

Wie es das Glück (oder die graue Stute selbst) wollte: als sie schließlich mitten in den Schatten der dunklen Berge zogen, begann die Stute des Bauern Giles zu lahmen. Sie ritten nun auf steinigen und steilen Pfaden hinan, höher und immer höher, mit ständig wachsender Unruhe. Die Stute geriet in der Reihe immer weiter zurück, stolpernd und humpelnd, wobei sie geduldig und traurig dreinschaute, so daß Bauer Giles sich schließlich genötigt sah, abzusteigen und nebenher zu gehen. Bald befanden sie sich ganz hinten zwischen den Pack-Ponies; doch keiner beachtete sie weiter. Die Ritter erörterten Fragen der Rangordnung und Etikette, was ihre ganze Aufmerksamkeit beanspruchte. Sonst hätten sie vielleicht beobachtet, daß die Drachenspuren jetzt deutlicher und zahlreicher wurden.

Sie waren nämlich zu den Plätzen gelangt, wo Chrysophylax oft umherstreifte oder sich niederließ, wenn er seine täglichen Flugübungen gemacht hatte. Die sanfteren Hügel und die Hänge an beiden Seiten des Weges schienen angesengt und niedergetrampelt. Es gab wenig Gras, und struppige Heidekraut- und Ginsterstrünke hoben sich schwarz ab in weiten Flecken von Asche und verbrannter Erde. Die Gegend war schon seit vielen Jahren ein Drachen-Tummelplatz. Eine düstere Bergwand türmte sich vor ihnen auf.

Bauer Giles war wegen seiner Stute besorgt; doch er war dankbar für die Ausrede, die es ihm erlaubte, sich mehr im Hintergrund zu halten. Es hatte ihm nicht gefallen, an der Spitze eines solchen Reiterzuges in diesen trostlosen und unsicheren Gegenden zu reiten. Etwas später war er noch mehr erleichtert und hatte allen Grund, seinem Glück zu danken (und seiner Stute). Denn just um die Mittagszeit – es war Lichtmeß und am siebten Tage ihres Rittes – da sprang Schwanzbeißer aus seiner Scheide und der Drache aus seiner Höhle.

Ohne Warnung oder Förmlichkeit stürzte er zum Kampfe hervor. Er überfiel sie mit Getose und Gebrüll. Weitab von seinem Heim hatte er sich nicht allzu kühn gezeigt, trotz uralter kaiserlicher Abstammung. Doch jetzt packte ihn ein heiliger Zorn; denn er kämpfte nun gleichsam vor seiner eigenen Haustür, und sein ganzer Schatz war zu verteidigen. Hinter einem Bergrücken schoß er wie eine Tonne Donnerkeile hervor mit Sturmestoben und Wolkenbö voll roter Blitze.

Die Diskussion bezüglich der Rangordnung erstarb jählings. Alle Pferde scheuten auseinander, nach beiden Seiten, und einige Ritter stürzten aus dem Sattel. Ponies, Troß und Diener machten sofort kehrt und rannten los. Die Frage nach der Rangordnung beschäftigte sie nicht.

Plötzlich kam ein mächtiger Qualm, der sie alle zudeckte, und ganz umhüllt von Rauchgewölk krachte der Drache gegen die Spitze des Zuges. Mehrere Ritter wurden getötet, ehe sie noch ihre förmliche Kampfaufforderung anbringen konnten, und zahlreiche andere wurden mit ihren Pferden und allem überrannt. Um die übrigen kümmerten sich ihre Rösser, die kehrtmachten und flohen und ihre Herren davontrugen, ob die es nun wünschten oder nicht. Die meisten wünschten es sich aber wirklich.

Doch die alte graue Stute rührte sich nicht. Vielleicht fürchtete sie, sich die Beine zu brechen auf dem steilen steinigen Pfad. Vielleicht fühlte sie sich zu müde, um davonzulaufen. Sie spürte es in den Knochen, daß Drachen im Fluge hinter einem schlimmer sind als vor einem, und daß man für eine erfolgreiche Flucht schneller sein muß als ein Rennpferd. Außerdem hatte sie diesen Chrysophylax schon einmal gesehen und erinnerte sich, wie sie ihn kreuz und quer über die heimatliche Flur gejagt hatte, bis er sich unterwürfig auf der Hauptstraße des Dorfes niederlegte. Jedenfalls spreizte sie die Beine weit von sich und schnaubte. Bauer Giles wurde so blaß, wie es seinem Gesicht nur möglich war, doch blieb er an ihrer Seite; was hätte er sonst auch tun sollen.

Und so geschah es, daß der Drache, als er an dem Reiterzug entlangfegte, sich plötzlich Aug in Aug mit seinem alten Feind befand, der Schwanzbeißer in der Hand hielt. Das war das Letzte, womit er gerechnet hatte. Er wich zur Seite wie eine große Fledermaus und brach auf dem Abhang nahe der Straße nieder. Die graue Stute raffte sich auf, wobei sie das Hinken vergaß. Bauer Giles, nun sehr ermutigt, war hastig auf ihren Rücken geklettert.

»Entschuldigt«, sagte er, »aber habt ihr vielleicht zufällig nach mir gesucht?«

»Nein, wirklich nicht!« sagte Chrysophylax. »Wer hätte Euch schon hier erwartet? Ich bin nur mal ausgeflogen.«

»Dann treffen wir uns zufällig«, sagte Giles, »und das Vergnügen ist ganz meinerseits; denn ich habe nach dir gesucht. Mehr noch, ich habe mit dir ein Hühnchen zu rupfen, einige Hühnchen, wie man zu sagen pflegt.«

Der Drache schnob. Bauer Giles hob den Arm, um den heißen Qualm abzuwehren, und mit einem Aufzucken schoß Schwanzbeißer vor, gefährlich nahe an die Nase des Drachen.

»Heda!« sagte er und ließ das Schnauben. Er begann zu zittern und rückwärts zu kriechen. Alles Feuer in ihm war erkaltet. »Ich hoffe, Ihr seid nicht gekommen, mich zu töten, guter Meister?« winselte er.

»Nein! Nein!« sagte der Bauer. »Ich habe nichts von Töten gesagt.« Die graue Stute rümpfte die Nase.

»Darf ich dann fragen, was ihr mit all diesen Rittern wollt?« sagte Chrysophylax. »Ritter töten immer Drachen, wenn wir sie nicht zuerst töten.«

»Mit ihnen habe ich nichts zu schaffen. Die sind mir egal«, sagte Giles. »Und außerdem sind sie jetzt alle tot oder auf und davon. Doch wie steht es mit dem, was du am vergangenen Dreikönigstag gesagt hast?«

»Wie's damit steht?« sagte der Drache ängstlich.

»Du hast dich beinahe einen Monat verspätet«, sagte Giles, »und die Schuld ist überfällig. Ich bin gekommen, sie einzutreiben. Du solltest dich entschuldigen für all die Scherereien, die ich gehabt habe.«

»Es tut mir wirklich leid!« sagte er. »Ich wünschte, Ihr hättet euch nicht die Mühe des Kommens gemacht.«

»Dieses Mal geht's um deinen ganzen Schatz, kein Stückchen ausgenommen, und keine Roßtäuschertricks«, sagte Giles, »oder du stirbst, und ich hänge deine Haut als Warnung von unserem Kirchturm runter.«

»Das ist grausam!« sagte der Drache.

»Ein Handel ist ein Handel«, sagte Giles.

»Kann ich nicht vielleicht ein oder zwei Ringe behalten und ein bißchen Gold als Barzahlungsmittel?« sagte er.

»Nicht einen Messingknopf!« sagte Giles. Und so feilschten sie und stritten sie eine Weile wie Leute auf dem Jahrmarkt. Doch es endete, wie schon erwartet; denn was immer man auch sagen mochte, wenige hatten jemals Bauer Giles bei einem Handel ausgestochen.

Der Drache mußte den ganzen Weg zurück zu seiner Höhle laufen, denn Giles blieb dicht an seiner Seite und hielt Schwanzbeißer äußerst nah. Es war ein enger Pfad, der sich hinauf um den Berg schlängelte, und es gab fast nicht genug Platz für beide. Die Stute kam gleich hinterher und sah recht nachdenklich aus.

Es waren immerhin fünf Meilen, steil und mühsam obendrein; Giles schleppte sich keuchend und prustend weiter, ließ aber den Wurm nicht aus den Augen. Schließlich kamen sie auf der Westseite des Berges zur Höhlenöffnung. Sie war weit, dunkel und drohend, und ihre Bronzetüren hingen an mächtigen Eisenpfeilern. Offenkundig ein Ort der Macht und des Stolzes aus längst vergessenen Tagen, denn Drachen bauen keine solchen Anlagen noch graben sie solche Gänge, sondern hausen lieber, wenn möglich, in den Grüften und Schatzkammern mächtiger Recken oder Riesen aus alter Zeit. Die Torflügel dieser tiefen Behausung standen weit offen, und in ihrem Schatten hielten sie an. Bis dahin hatte Chrysophylax keine Möglichkeit des Entkommens gehabt, doch jetzt, an seinem eigenen Tor angelangt, sprang er vor, um sich hineinzustürzen.

Bauer Giles versetzte ihm mit der flachen Klinge des Schwertes einen Hieb. »Brrr!« sagte er. »Bevor du rein gehst, habe ich dir noch was zu sagen. Wenn du nicht schnellstens wieder auftauchst und nichts Lohnendes mitbringst, werde ich hinter dir drein kommen und als erstes deinen Schwanz abschneiden.«

Die Stute rümpfte die Nase. Sie konnte sich nicht vorstellen, daß Bauer Giles allein in die Höhle eines Drachen gehen würde, und wenn er alles Geld der Welt dafür bekäme. Doch Chrysophylax war fest davon überzeugt, im Hinblick auf den funkelnden, scharfen Schwanzbeißer und überhaupt. Und vielleicht tat er gut daran, und die Stute hatte trotz all ihrer Weisheit die Veränderung an ihrem Herrn noch nicht erkannt. Bauer Giles vertraute jetzt seinem Glück, und nach zwei Gefechten dämmerte ihm, daß wohl kein Drache ihm widerstehen werde.

Jedenfalls kam Chrysophylax in erstaunlich kurzer

Zeit wieder hervor mit zwanzig Pfund Gold und Silber nach Troygewicht und einer Truhe voller Ringe und Halsketten und anderem hübschen Zeug.

»Da!« sagte er.

»Wo?« sagte Giles. »Das langt nicht mal zur Hälfte, wenn du das meinst. Und ist sicherlich auch nicht die Hälfte von dem, was du hast.«

»Natürlich nicht!« sagte der Drache, etwas verwirrt, daß der Bauer schlauer geworden zu sein schien seit jenem Tag im Dorf. »Natürlich nicht! Doch ich kann nicht alles auf einmal herausbringen.«

»Auch nicht auf zweimal, möchte ich wetten«, sagte Giles. »Wieder rein mit dir und doppelt so schnell wieder raus, oder du wirst Schwanzbeißer zu schmecken bekommen!«

»Nicht!« sagte der Drache und tauchte eilends wieder hinein und doppelt so schnell wieder hervor. »Da!« sagte er und stellte eine gewaltige Ladung Gold und zwei Truhen mit Diamanten ab.

»Jetzt nochmal, auf!« sagte Giles. »Und pack mal ordentlich zu!«

»Es ist arg, grausam arg«, sagte der Drache, als er wieder umkehrte.

Unterdessen wurde die graue Stute, was sie selbst betraf, etwas sorgenvoll. »Wer wird all das schwere Zeug nach Hause tragen, möcht ich wissen?« dachte sie; und sie warf einen so langen betrübten Blick auf all die Säcke und Kisten, daß der Bauer ihre Gedanken erriet.

»Mach du dir keine Sorgen, Mädchen!« sagte er. »Das lassen wir den ollen Lindwurm schleppen.«

»Erbarmen!« sagte der Drache, der diese Worte aufschnappte, als er zum drittenmal aus der Höhle hervorkam, mit der bisher größten Ladung und einem Haufen kostbarer Juwelen, die wie grünes und rotes Feuer waren. »Erbarmen! Wenn ich all das trage, werde ich dem Grabe nahe sein. Und auch nur einen Sack noch drauf, und ich schaffe es überhaupt nicht, auch nicht, wenn Ihr mich deshalb tötet.«

»Dann ist da also noch mehr, wie?« sagte der Bauer.

»Ja«, sagte der Drache, »gerade genug, daß ich achtbar bleibe.« Er sprach nahezu die Wahrheit – ein seltenes Wunder –, und das war weise, wie sich herausstellte. »Wenn Ihr mir laßt, was übrig ist«, sagte er gerissen, »werde ich für immer Euer Freund sein. Und ich will diesen ganzen Schatz hintragen zu Euer Gnaden höchsteigenem Haus und nicht zu dem des Königs. Und ich will Euch helfen, ihn zu halten, was noch wichtiger ist«, sagte er.

Da kramte sich der Bauer mit der linken Hand einen Zahnstocher hervor und dachte eine Minute sehr angestrengt nach. »Abgemacht!« sagte er dann, womit er einen rühmlichen Scharfblick bewies. Ein Ritter hätte um den ganzen Hort gekämpft und einen Fluch darauf verhängt bekommen. Und wahrscheinlich würde der Wurm, hätte Giles ihn zur Verzweiflung getrieben, sich auf den Tatzen gedreht und am Ende gekämpft haben, Schwanzbeißer hin, Schwanzbeißer her. In diesem Falle wäre Giles, wenn nicht selbst vernichtet worden, so doch gezwungen gewesen, sein Beförderungsmittel niederzustechen und den besten Teil seiner Einnahmen in den Bergen zu lassen.

Nun, damit war diese Angelegenheit zu Ende gebracht. Der Bauer stopfte sich die Taschen voll Juwelen für den Fall, daß etwas schief ginge; und eine kleine Ladung ließ er die graue Stute tragen. Alles andere, in Kisten und Säkken verpackt, schnürte er auf den Rücken von Chrysophylax, bis dieser wie ein königlicher Möbelwagen aussah.

Er konnte unmöglich fliegen, denn seine Bürde war zu groß, und Giles hatte seine Flügel festgebunden.

»Als fabelhaft nützlich hat sich dieses Seil entpuppt!« dachte er und erinnerte sich dankbar des Pfarrers.

Der Drache trottete nun also keuchend und schnaubend los, dicht hinter dem Schwanz folgten die Stute und der Bauer, der den hell strahlenden und drohenden Caudimordax erhoben hielt. Der Wurm wagte keine Schliche.

Trotz ihren Lasten kamen die Stute und der Drache auf dem Rückweg schneller voran als der Reiterzug auf dem Hinweg. Denn Bauer Giles trieb zur Eile – der geringe Proviant in seinen Taschen war nicht der letzte Grund. Auch traute er Chrysophylax keineswegs, nachdem dieser so schwere und bindende Eide gebrochen hatte, und die Sorge beschäftigte ihn, wie er eine Nacht überstehen könnte, ohne das eigene Leben oder kostbare Güter zu verlieren. Doch bevor die Nacht hereinbrach, tapste er wieder ins Glück; denn sie überholten ein halbes Dutzend Diener und Ponies, die sich in aller Eile davongemacht hatten und nun verloren in den Wilden Hügeln herumirrten. Sie stoben vor Schreck und Überraschung auseinander, doch Giles rief ihnen nach.

»He, Burschen!« sagte er. »Kommt zurück! Ich habe Arbeit für euch und guten Lohn, solange dieser kleine Vorrat reicht.«

So traten sie in seine Dienste, froh über einen Führer und voll der Hoffnung, ihren Sold künftig vielleicht etwas regelmäßiger zu erhalten als bisher. Dann zogen sie weiter, sieben Männer, sechs Ponies, eine Stute und ein Drache; und Giles begann sich wie ein Fürst zu fühlen und wölbte die Brust. Sie hielten so selten wie möglich. Nachts band Bauer Giles den Drachen an vier Pflöcke, für jedes

Bein einen, und drei Männer bewachten ihn abwechselnd. Doch die graue Stute hielt die Augen nur halb geschlossen, falls die Männer irgendwelche Gaunereien auf eigene Rechnung versuchen sollten.

Nach drei Tagen hatten sie die Grenzen ihres eigenen Landes überschritten; ihre Ankunft verursachte ein Erstaunen, einen Aufruhr, wie man ihn selten zuvor zwischen den beiden Meeren erlebt hatte. Im ersten Dorf, in dem sie anhielten, wurden sie umsonst mit Nahrung und Getränken überschüttet, und die Hälfte der jungen Burschen wollte sich dem Zug anschließen. Giles erwählte ein Dutzend getreuer Knappen. Er versprach ihnen guten Lohn und kaufte ihnen möglichst gute Reittiere. Die Sache stieg ihm langsam zu Kopfe.

Nach einem Tag Ruhe ritt er weiter, gefolgt von seinen neuen Mannen. Sie sangen ihm zu Ehren Lieder: mehr schlecht als recht, doch ihm klangen sie angenehm in den Ohren. Die Leute jubelten oder lachten. Es war ein Anblick – fröhlich und großartig.

Bald darauf machte Bauer Giles einen Bogen südwärts und nahm Kurs auf sein eigenes Zuhause; keinesfalls näherte er sich dem Hof des Königs, auch sandte er keine Botschaft. Doch die Nachricht von der Heimkehr des Meisters Aegidius breitete sich vom Westen her wie ein Lauffeuer aus; überall herrschte Erstaunen und Verwirrung. Denn er traf ganz kurz nach einer königlichen Kundmachung ein, die alle Städte und Dörfer aufforderte, das Geschick der kühnen Ritter zu betrauern, die auf dem Bergpaß ihr Leben gelassen hatten.

Wo immer Giles hinkam, wurden die Trauerkleider abgelegt und die Glocken geläutet. Rufende Menschen, die ihre Mützen und Tücher schwenkten, drängelten sich am Wegrand. Den armen Drachen aber verhöhnten sie, bis er den Handel, den er abgeschlossen hatte, bitter zu bedauern begann. Es war höchst demütigend für jemanden aus altem und kaiserlichen Geschlecht. Als sie in Ham eintrafen, verbellten ihn alle Hunde verächtlich. Alle, außer Garm: er hatte nur Augen, Ohren und Nase für seinen Herrn. Er war vollkommen aus dem Häuschen und schlug Purzelbäume die ganze Straße entlang.

Ham gab dem Bauern natürlich einen großartigen Empfang; doch nichts machte ihm wahrscheinlich mehr Vergnügen, als den Müller um eine Spöttelei verlegen und den Hufschmied ganz aus der Fassung zu sehen.

»Das ist noch nicht das Ende von allem, denkt an mich!« sagte der; doch ihm fiel nichts Schlimmeres ein, was er hätte sagen können, und er ließ trübsinnig den Kopf hängen. Bauer Giles mit seinen sechs reisigen Mannen und seinem Dutzend getreuer Knappen und dem Drachen und allem Drum und Dran zog weiter den Hügel hinauf, und dort blieben sie eine Zeitlang in Frieden. Nur der Pfarrer wurde ins Haus eingeladen.

Die Neuigkeit erreichte bald die Hauptstadt; die Leute vergaßen die öffentlich angeordnete Trauer und ebenso ihre Arbeit und versammelten sich in den Straßen. Es gab viel Rufen und Lärmen.

Der König war in seinem großen Haus und zerbiß sich die Nägel und zerrte an seinem Bart. Schwankend zwischen Trauer und Wut (und finanzieller Sorge), war seine Stimmung so düster, daß niemand ihn anzusprechen wagte. Doch schließlich drang der Lärm der Stadt bis an sein Ohr. Es klang nicht wie Trauern oder Weinen.

»Was soll dieser Lärm?« fragte er. »Heißt die Leute in ihre Häuser gehen und schicklich trauern! Es klingt eher wie ein Gänsemarkt.«

»Der Drache ist zurückgekommen, Herr«, antworteten sie.

»Was!« sagte der König. »Versammelt Unsere Ritter, oder was von ihnen übrig ist!«

»Das ist nicht nötig, Herr«, antworteten sie. »Mit Meister Aegidius hinter sich ist der Drache zahm wie sonstwas. So sind wir jedenfalls unterrichtet. Die Nachricht ist noch nicht lange eingetroffen, und die Gerüchte sind widersprüchlich.«

»Du meine Güte!« sagte der König und sah sehr erleichtert aus. »Man stelle sich nur vor, daß Wir für übermorgen eine Totenmesse für den Burschen zu lesen befahlen! Sagt sie ab! Gibt es irgendwelche Hinweise auf unseren Schatz?«

»Berichte sagen, daß es einen wahren Berg davon gibt, Herr«, antworteten sie.

»Wann wird er eintreffen?« fragte der König begierig. »Ein redlicher Mann, dieser Aegidius – schickt ihn zu Uns herein, sobald er eintrifft!«

Es entstand einiges Zögern, bevor die Antwort kam. Schließlich faßte einer Mut und sagte: »Verzeiht, Herr, doch wir hören, daß der Bauer abgebogen ist in Richtung zu seinem eigenen Haus. Gewiß wird er in angemessener Kleidung bei erster Gelegenheit hierher geeilt kommen.«

»Gewiß«, sagte der König. »Doch zum Henker mit seiner Kleidung! Er hatte kein Recht, nach Hause zu ziehen, ohne Uns Bericht erstattet zu haben. Wir sind sehr ungehalten.«

Die erste Gelegenheit bot sich und verstrich und noch viele danach. Tatsächlich war Bauer Giles seit einer guten Woche oder mehr wieder zurück, und noch traf kein Wort, keine Nachricht von ihm bei Hofe ein.

Am zehnten Tage platzte der König vor Wut. »Schickt nach dem Burschen!« sagte er; und sie schickten. Es war ein harter Tagesritt nach Ham, sowohl hin als auch zurück.

»Er will nicht kommen, Herr!« sagte zwei Tage später ein zitternder Bote.

»Blitze des Himmels!« sagte der König. »Befehlt ihm, am nächsten Dienstag zu erscheinen, oder er wird lebenslänglich ins Gefängnis geworfen!«

»Verzeiht, Herr, aber er will auch jetzt nicht kommen«, sagte ein wahrlich beklagenswerter Bote, der am Dienstag allein zurückkehrte.

»Zehntausendmal Donner und Doria!« sagte der König. »Steckt diesen Narren dafür ins Gefängnis! Jetzt schickt einige Männer aus, den Flegel in Ketten abzuholen!« brüllte er jenen zu, die in seiner Nähe standen.

»Wieviele Männer?« stammelten sie. »Dort ist ein Drache, und . . . und Schwanzbeißer, und . . .«

»Und Schnickschnack und Firlefanz!« sagte der König Dann ließ er sein weißes Pferd satteln und versammelte seine Ritter (vielmehr das, was von ihnen übrig war) und einen Trupp Soldaten und ritt in größter Wut von dannen. Alle Leute liefen verblüfft aus ihren Häusern.

Doch Bauer Giles war jetzt mehr geworden als nur Held der Bauern: er war der Liebling des Landes; und das Volk umjubelte nicht die Ritter und Soldaten, als sie vorbeikamen, obwohl es vor dem König noch den Hut zog. Als er sich Ham näherte, wurden die Blicke unfreundlicher; in einigen Dörfern schlossen die Leute die Türen, und nicht ein Gesicht war zu sehen.

Dem König wurde sein heißer Zorn zur kalten Wut. Er zeigte eine unbarmherzige Miene, als er schließlich an den Fluß geritten kam, auf dessen anderer Seite Ham und das

Haus des Bauern lagen. Er hatte die Absicht, den Ort niederzubrennen. Doch da war Bauer Giles auf der Brücke: er saß auf seiner grauen Stute und hielt Schwanzbeißer in der Hand. Sonst war niemand zu sehen außer Garm, der auf der Straße lag.

»Guten Morgen, Herr!« sagte Giles fröhlich wie der junge Tag, ohne die Anrede abzuwarten.

Der König musterte ihn kühl. »Dein Benehmen schickt sich nicht, in Unserer Anwesenheit«, sagte er; »doch das entschuldigt nicht dein Ausbleiben, wenn nach dir geschickt wird.«

»Ich gedachte nicht zu kommen, Herr, und dabei bleibt es«, sagte Giles. »Ich mußte mich um meine eigenen Angelegenheiten kümmern. Genug Zeit habe ich mit Euren Aufträgen vergeudet.«

»Zehntausendmal Donner und Doria!« schrie der König wieder in heißem Zorn. »Zum Teufel mit dir und deiner Unverschämtheit! Hiernach wirst du keine Belohnung mehr bekommen; und du hast Glück, wenn du dem Galgen entgehst. Hängen sollst du, wenn du nicht um Unser Verzeihen bittest, hier und jetzt, und Unser Schwert zurückgibst.«

»Wie?« sagte Giles. »Ich schätze, ich habe meine Belohnung. Wer findet, hat, wer hat, der behält, sagt man hier. Und ich schätze, Schwanzbeißer ist besser bei mir aufgehoben als bei Euren Leuten. Doch was sollen all diese Ritter und Mannen, ganz nebenbei?« fragte er. »Wenn Ihr auf Besuch kommt, wärt Ihr mit wenigeren willkommen gewesen. Wenn ihr mich mitnehmen wollt, braucht Ihr sehr viel mehr.«

Dem König stockte der Atem, und die Ritter liefen hochrot an und blickten verlegen zu Boden. Einige Soldaten grinsten, da der König ihnen den Rücken zukehrte.

»Gib mir mein Schwert!« brüllte der König, der die Stimme wiederfand, aber seinen Plural vergaß.

»Gebt Uns Eure Krone!« sagte Giles: eine welterschütternde Äußerung, wie sie nie zuvor in all den Tagen des Mittleren Königreiches gehört worden war.

»Blitze des Himmels! Packt ihn und bindet ihn!« rief der König, fast berstend vor Wut. »Was zaudert ihr? Packt ihn oder tötet ihn!«

Die Soldaten rückten vor.

»Helft! Helft! Helft!« rief Garm.

Genau in diesem Augenblick stieg der Drache unter der Brücke empor. Er hatte am anderen Ufer tief im Fluß verborgen gelegen. Nun machte er sich Luft unter fürchterlichem Dampf, denn er hatte viele Gallonen Wasser getrunken. Sofort entstand ein dichter Nebel, und nur die roten Augen des Drachen waren darin zu sehen.

»Trollt euch, ihr Narren!« brüllte er. »Oder ich werde euch in Stücke reißen. Es liegen tote Ritter auf dem Bergpaß, und bald wird es Leichen im Fluß geben. Alle Pferde des Königs und alle Leute des Königs!« dröhnte er.

Dann schoß er vor und schlug eine Klaue in das weiße Pferd des Königs; das sprengte davon wie die zehntausend Donner, die der König so oft bemühte. Die anderen Pferde folgten mit gleicher Geschwindigkeit: einige waren diesem Drachen schon früher begegnet und erinnerten sich nicht gern daran. Die Soldaten gebrauchten ihre Beine so gut sie konnten, in jede Richtung, nur nicht in die nach Ham.

Das weiße Pferd hatte nur einen Kratzer, und der König ließ es nicht weit laufen. Nach einer Weile führte er es wieder zurück. Er war wenigstens Herr seines eigenen

Pferdes; und niemand konnte ihm nachsagen, daß er irgend einen Menschen oder Drachen auf Erden fürchte. Als er zurückkam, hatten sich die Nebelschwaden verzogen, doch seine Ritter und Leute desgleichen. Jetzt sahen die Dinge ganz anders aus: der verlassene König sprach zu einem beherzten Bauern, der Schwanzbeißer hatte – und außerdem einen Drachen zur Seite.

Doch reden half nichts. Bauer Giles blieb hartnäckig. Er wollte nicht nachgeben und wollte nicht kämpfen, obgleich der König ihn hier und jetzt zum Einzelkampf herausforderte.

»Nicht doch, Herr!« sagte er lachend. »Geht heim und kühlt Euch ab! Ich möchte Euch nicht verletzen; Ihr entfernt Euch jetzt besser, oder ich kann nicht mehr für den Wurm haften. Guten Tag!«

Und das war das Ende der Schlacht auf der Brücke von Ham. Niemals bekam der König auch nur einen Pfennig von dem ganzen Schatz, noch ein Wort der Entschuldigung von Bauer Giles, der nun begann, mächtig viel von sich zu halten. Und was noch wichtiger ist: von diesem Tage an schwand die Macht des Mittleren Königreiches in jener Gegend. Viele Meilen im Umkreis wählten sich die Leute Giles zum Herrn. Niemals konnte der König, trotz all seinen Rechtstiteln, auch nur einen Mann dazu bewegen, wider den Rebellen Aegidius zu reiten; denn er war der Liebling des Landes geworden und Gegenstand der Poesie; und es war unmöglich, alle Lieder zu verbieten, die seine Taten verherrlichten. Das beliebteste handelte vom Zusammentreffen auf der Brücke in hundert spöttisch-heldischen Versen.

Chrysophylax blieb lange in Ham, sehr zum Vorteil von Giles; denn der Mann, der einen zahmen Drachen besitzt, ist natürlich geachtet. Dem Wurm diente, mit Erlaubnis des Pfarrers, das Zehntgebäude als Behausung, und dort wurde er bewacht von den zwölf getreuen Knappen. Auf diese Weise entstand der erste von Giles' Titeln: Dominus de Domito Serpente, was in der Umgangssprache »Lord of the Tame Worm« (Herr vom Zahm-Wurm) heißt, oder kurz gefaßt: Herr von Tame. Als solcher wurde er weit und breit geehrt; doch er zahlte noch einen geringen Tribut an den König: sechs Ochsenschwänze und ein Maß Bitterbier, zu entrichten am St.-Matthias-Tag, dem Datum des Zusammentreffens auf der Brücke. Bald jedoch verbesserte er das »Herr« zu »Graf«, und der Gürtel des Grafen von Tame – Symbol seiner Würde – war in der Tat von großer Länge.

Nach einigen Jahren wurde er Fürst Julius Aegidius, und der Tribut wurde eingestellt. Denn Giles, der sagenhaft reich war, hatte sich ein Herrenhaus von höchster Pracht erbaut und eine große Anzahl Soldaten verpflichtet: sie waren glanzvoll und flott, denn ihre Ausrüstung war die beste, die mit Geld zu haben war. Jeder der zwölf getreuen Knappen wurde Hauptmann. Garm hatte ein goldenes Halsband, und so lange er lebte, streifte er beliebig umher, ein stolzer und glücklicher Hund, unausstehlich für seinesgleichen; denn er erwartete von allen anderen Hunden, daß sie ihm die Achtung erwiesen, die der Schrecklichkeit und Größe seines Herrn angemessen war. Die graue Stute verbrachte das Ende ihrer Tage in Frieden und ließ sich ihre Gedankengänge nicht anmerken.

Schließlich wurde Giles natürlich König, der König des Kleinen Königreiches. Er wurde in Ham mit dem Namen Aegidius Draconarius gekrönt; doch man kannte ihn besser als Alter Giles Würmling. Denn die Umgangssprache wurde an seinem Hofe Mode, keine seiner Ansprachen wurde in Bücherlatein gehalten. Seine Frau war eine Königin von großem Umfang und ebensolcher Majestät, und sie hielt eine feste Hand auf das Wirtschaftsgeld. Königin Agatha konnte man nicht umgehen, zumindest war es ein langer Weg.

So wurde Giles schließlich alt und ehrwürdig und hatte einen weißen Bart bis zu den Knien und einen sehr beachtlichen Hofstaat (an welchem Verdienste oft belohnt wurden) und einen völlig neuen Ritterorden. Seine Mitglieder waren die Wurmwächter, und ein Drache war ihr Kennzeichen; die zwölf getreuen Knappen waren die ranghöchsten Repräsentanten.

Man wird zugeben, daß Giles seinen Aufstieg in großem Maße dem Glück verdankte, obgleich er ziemlichen Witz bewies bei dessen Nutzung. Beide, Glück und Witz, blieben ihm bis an das Ende seiner Tage erhalten, sehr zum Wohl seiner Freunde und Nachbarn. Er belohnte den Pfarrer sehr nobel; und sogar der Hufschmied und der Müller bekamen ihr Teil. Denn Giles konnte es sich leisten, großmütig zu sein. Doch nachdem er König geworden, erließ er ein strenges Gesetz gegen unfreundliche Prophezeiungen und erhob das Müllereiwesen zu einem königlichen Monopol. Der Hufschmied wechselte über zum Beruf eines Leichenbestatters; der Müller aber wurde ein folgsamer Diener der Krone. Der Pfarrer wurde Bischof und errichtete seinen Bischofssitz in der Kirche von Ham, die entsprechend vergrößert wurde.

Wer auch jetzt noch im Gebiet des Kleinen Königreiches lebt, dem wird in dieser Geschichte die wahre Bedeutung der Namen aufgegangen sein, die einige seiner Städte und Dörfer in unserer Zeit tragen. Die Fachgelehrten unterrichten uns nämlich, daß Ham, nun die Hauptstadt des neuen Reiches, dank einer natürlichen Vermischung von »Herr von Ham« und »Herr von Tame« unter dem letzten Namen bekannt wurde, den es bis in unsere Tage behalten hat; denn Thame mit einem h ist eigentlich eine bodenlose Narretei. In Erinnerung an den Drachen wiederum, auf den sich ihr Ruhm und Glück gründeten, bauten sich die Draconarii ein großes Haus, vier Meilen nordwestlich von Tame, an der Stelle, wo Giles und Chrysophylax sich zum erstenmal begegneten. Dieser Ort wurde überall im Königreich bekannt als Aula Draconaria, oder in der Umgangssprache als Würmlingshausen, so benannt nach dem König und seiner Fahne.

Das Gesicht des Landes hat sich seit jener Zeit verändert, und Königreiche kamen und gingen; Wälder schwanden und Flüsse änderten ihren Lauf, und nur die Hügel sind geblieben, ein wenig abgeflacht durch Regen und Wind. Doch immer noch gibt es jenen Namen; obwohl die Leute es jetzt Wurmli nennen (wurde mir jedenfalls gesagt); denn die Dörfer haben ihren Stolz verloren. Doch in der Zeit, da diese Erzählung spielt, war es Würmlingshausen und Königssitz, und die Drachenfahne flatterte über den Bäumen; und alles verlief gut dort und glücklich, solange es Schwanzbeißer gab.

# Nachspiel

Chrysophylax bettelte oft um seine Freiheit; und er erwies sich als teuer in der Fütterung, da er immer weiter wuchs, wie dies Drachen – darin den Bäumen ähnlich – nun einmal tun, solange Leben in ihnen ist. So geschah es nach einigen Jahren, als Giles sich nach allen Seiten gesichert fühlte, daß er den armen Wurm nach Hause ziehen ließ. Sie schieden unter vielen Beteuerungen gegenseitiger Wertschätzung und nach Abschluß eines beiderseits bindenden Nichtangriffspakts. Im Grunde seines schlechten Herzens fühlte der Drache für Giles eine so freundliche Zuneigung, wie sie ein Drache überhaupt für jemanden fühlen kann. Immerhin gab es da Schwanzbeißer: sein Leben hätte ihm leicht genommen werden können und ebenso sein ganzer Hort. Er hatte nämlich noch eine Menge von dem Schatz zu Hause in seiner Höhle (was Giles selbstverständlich ahnte).

Er flog langsam und mühselig zurück in die Berge, denn seine Flügel waren vom langen Ruhen schwer, und seine Größe und sein Panzer hatten mächtig zugenommen. Zu Hause angekommen, vertrieb er unverzüglich einen jungen Drachen, der die Frechheit gehabt hatte, sich in seiner Höhle häuslich niederzulassen, während Chrysophylax aushäusig gewesen war. Es heißt, das Tosen des Kampfes sei überall in Venedotia gehört worden. Als er mit großer Befriedigung seinen geschlagenen Gegner verschlungen hatte, fühlte er sich besser, und die Pein seiner Demütigung war gelindert, und er schlief lange Zeit. Doch schließlich, jählings erwacht, machte er sich auf die Suche nach jenem größten und dümmsten aller Riesen, der all diese

Unannehmlichkeiten vor langer Zeit in einer Sommernacht veranlaßt hatte. Er sagte ihm gründlich die Meinung, und der arme Kerl war ganz niedergeschmettert.

»Eine Donnerbüchse war das also?« sagte er und kratzte sich am Kopf. »Und ich dachte, es seien Bremsen!«

Finis
oder auf deutsch
ENDE

# Der Schmied von Großholzingen

Es gab einmal ein Dorf – für Menschen mit gutem Gedächtnis ist es nicht lange her, und für solche, die gut ausschreiten können, nicht weit fort. Großholzingen hieß es, denn es war größer als Kleinholzingen, das einige Meilen weiter tief in den Wäldern lag. Sehr groß aber war es auch nicht, doch seinerzeit wohlhabend, und es lebte darin eine Anzahl Menschen, gute und böse, bunt durcheinander, wie stets und überall. Auf seine Weise war es ein bemerkenswertes Dorf, denn man kannte es im ganzen Land rundum wegen der Kunstfertigkeit, die seine Handwerker auf verschiedenen Gebieten besaßen; vor allem aber kannte man es wegen seiner Kochkunst. Es besaß eine große Küche, die dem Dorfrat gehörte, und der Küchenmeister war eine angesehene Persönlichkeit. Das Haus des Kochs und die Küche stießen an den Großen Saal, das größte, älteste und schönste Gebäude am Ort. Es war aus festem Stein und fester Eiche gefügt und in gutem Stand, wenn auch nicht mehr bemalt und vergoldet wie ehedem. In diesem Saal hielten die Dorfbewohner ihre Zusammenkünfte und Beratungen, ihre öffentlichen Feiern und Familientage. So hatte der Koch genug Arbeit, denn zu all diesen Gelegenheiten mußte er ein passendes Mahl richten. Für die Feste, von denen es im Verlauf eines Jahres eine große Zahl gab, wurde ein umfangreiches und üppiges Mahl als passend erachtet.

Ein Fest gab es, auf das alle sich freuten, denn es war das einzige, das im Winter stattfand. Es dauerte eine Woche, und an seinem letzten Tag, bei Sonnenuntergang, gab es eine Lustbarkeit, die das Fest der Guten Kinder hieß und zu der nur wenige geladen wurden. Gewiß übersah man einige von denen, die es verdient gehabt hätten, daß man sie einlud, und andere wurden zu Unrecht eingeladen – aber das ist der Lauf der Welt, so sehr auch die sich bemühen mögen, die dergleichen veranstalten. Wie dem auch sei: ein Kind kam weitgehend durch den Zufall der Geburt für das Fest der Vierundzwanzig in Frage, denn es fand nur alle vierundzwanzig Jahre statt, und nur vierundzwanzig Kinder wurden dazu eingeladen. Bei diesem Fest erwartete man vom Küchenmeister, daß er sein Bestes gebe, und neben vielen anderen guten Dingen bereitete er, so wollte es der Brauch, den Großen Kuchen. Sein Name blieb hauptsächlich dadurch im Gedächtnis, wie vortrefflich (oder auch nicht) der Kuchen gelang, denn selten blieb ein Küchenmeister lange genug im Amt, um einen zweiten Großen Kuchen verfertigen zu können.

Doch dann kam ein Tag, da der amtierende Küchenmeister zu jedermanns Überraschung, denn derlei war nie zuvor geschehen, verkündete, er brauche einen Urlaub. Und er ging fort, niemand wußte, wohin. Als er aber einige Monate darauf zurückkam, schien er sich recht verändert zu haben. Ein freundlicher Mann war er gewesen, dem es gefiel, wenn andere sich wohlfühlten. Er selbst jedoch war von ernsthafter Art und sprach nur wenig. Nun war er selbst heiterer, und er sagte und tat oft überaus lustige Dinge; bei Festen gar sang er fröhliche Lieder, was sich eigentlich für einen Küchenmeister gar nicht schickte. Auch brachte er einen Lehrling mit, und das rief im Dorf Staunen hervor.

Daß der Küchenmeister einen Lehrling hatte, war nicht verwunderlich – es war üblich. Zur rechten Zeit nahm er einen und lehrte ihn alles, was er ihn lehren konnte. In dem Maße, wie beide älter wurden, übernahm der Lehrling mehr und mehr die wichtigen Arbeiten, so daß er, wenn der Meister sich zur Ruhe setzte oder starb, so weit war, daß er seinerseits Küchenmeister werden konnte. Doch hatte dieser Meister sich niemals einen Lehrling genommen. Stets hatte er gesagt: »Das hat noch Zeit«; oder: »Ich schau mich um und nehme einen, wenn mir einer zusagt«. Doch jetzt brachte er einen mit, der war noch ein Knabe, und nicht aus dem Dorf. Er war zierlicher als die Burschen von Holzingen und flinker, von gewinnendem Wesen und überaus höflich, doch lächerlich jung für die Arbeit: es sah aus, als sei er kaum dreizehn oder vierzehn Jahre alt. Jedoch es war Sache des Küchenmeisters, seinen Lehrling auszuwählen, und niemand hatte das Recht, sich einzumischen. So blieb der Junge und lebte im Hause des Kochs, bis er alt genug war, allein zu wohnen. Die Leute gewöhnten sich bald an seine Gegenwart, und er gewann einige Freunde. Sie und der Koch nannten ihn Alf, bei den anderen aber hieß er stets nur der Stift.

Die nächste Überraschung kam schon drei Jahre später. An einem Frühlingsmorgen nahm der Küchenmeister seine hohe weiße Mütze ab, legte seine sauberen Schürzen zusammen, hängte seinen weißen Kittel an den Haken, nahm einen kräftigen Wanderstab und ein kleines Bündel in die Hand und ging fort. Dem Lehrling sagte er Lebewohl, sonst war niemand dabei. »Lebe einstweilen wohl, Alf«, sagte er. »Ich gehe fort, und du verrichtest alle Arbeit nach besten Kräften. Da du immer sehr tüchtig warst, denke ich, wird alles gut ablaufen. Wenn wir einander wiedersehen, wirst du mir alles erzählen. Sag ihnen, daß ich noch einmal Urlaub nehme, diesmal aber nicht wiederkehren werde.«

Es gab ziemliche Unruhe im Dorf, als Stift den Leuten, die in die Küche kamen, das berichtete. »Wie kann er so etwas tun?« sagten sie. »Und ohne ein Wort oder nur Auf Wiedersehen zu sagen! Was tun wir jetzt, ganz ohne Küchenmeister? Er hat uns niemanden dagelassen, der an seine Stelle treten könnte.« Bei all ihren Beratungen dachte niemand daran, den jungen Stift zum Koch zu ernennen. Er war zwar ein wenig gewachsen, sah aber immer noch wie ein Knabe aus, und er hatte auch erst drei Jahre abgedient.

Schließlich nahmen sie, da sie keinen besseren hatten, einen Mann aus dem Dorf, der recht und schlecht kochen konnte. In früheren Zeiten hatte er dem Meister geholfen, wenn es viel zu tun gab, doch der Meister war mit ihm nie warm geworden und hatte ihn auch nie als Küchenjungen haben wollen. Der war nun ein gesetzter Mann mit Frau und Kindern, der sparsam wirtschaftete. »Jedenfalls geht er nicht fort, ohne zu kündigen«, sagten die Leute, »und schlecht gekocht ist besser als gar kein Essen. Bis zum nächsten Großen Kuchen sind es noch sieben Jahre, und in der Zeit müßte er so weit sein.«

Nokes, das war sein Name, gefiel die Wendung, welche die Dinge genommen hatten. Er hatte schon immer Küchenmeister werden wollen, und an seiner Eignung dafür hatte er nie gezweifelt. Anfänglich setzte er, wenn er in der Küche allein war, sich zuweilen die hohe weiße Mütze auf. Dann betrachtete er sich in einer spiegelnden Bratpfanne und sagte: »Wie geht es, Meister? Die Mütze steht Ihnen trefflich zu Gesicht, als wäre sie für Sie gemacht. Ich hoffe, alles geht wohl für Sie aus.«

Die Dinge entwickelten sich recht gut; denn zuerst gab Nokes sein Bestes, und Stift war da und half ihm. Tatsächlich lernte er eine Menge, indem er Stift heimlich genau beobachtete, das allerdings gab Nokes keinesfalls zu. Doch dann näherte sich der Zeitpunkt für das Fest der Vierundzwanzig, und Nokes mußte sich Gedanken über den Großen Kuchen machen. Insgeheim bereitete ihm das Sorgen, denn er konnte zwar mit der Erfahrung von sieben Jahren brauchbare Kuchen und Backwaren für die üblichen Anlässe herstellen, wußte aber, daß man diesem Großen Kuchen mit Spannung entgegensah und daß er strenge Kritiker zufriedenstellen mußte, keineswegs nur die Kinder. Ein kleinerer Kuchen aus den gleichen Zutaten und von derselben Art war für die Festhelfer zuzubereiten, auch wurde erwartet, daß der Große Kuchen etwas Neues und Überraschendes aufwiese und nicht etwa nur eine Wiederholung des vorigen wäre.

Er hatte lediglich die Vorstellung, daß der Kuchen sehr süß und nahrhaft zu sein habe, und er beschloß, ihn ganz mit Zuckerguß zu bedecken (denn den konnte Stift gut machen). ›Dann sieht er hübsch und elfenhaft aus‹, dachte er. Elfen und Süßigkeiten – das waren zwei der wenigen Vorstellungen, die er von dem hatte, was Kindern gefällt. Elfen, dachte er, lasse man beim Heranwachsen hinter sich; aber Süßigkeiten sagten ihm immer noch zu. »Ach«, sagte er, »elfenhaft, da fällt mir etwas ein«, und ihm kam in den Sinn, daß man eine kleine Puppe auf einem schlanken Türmchen mitten auf den Kuchen setzen könnte, ganz in weiß, und in der Hand würde sie einen kleinen Zauberstab halten, auf dessen Spitze ein Stern aus Rauschgold stecken sollte. Um ihre Füße herum sollte in rosa Zuckerguß ›Elfenkönigin‹ im Kreis geschrieben stehen.

Doch als er mit dem Herrichten der Zutaten für das Kuchenbacken begann, stellte er fest, daß er sich nur ungenau an das erinnerte, was *in* einen Großen Kuchen hineingehörte; so schaute er in alten Rezeptbüchern nach, die frühere Köche hinterlassen hatten. Sie brachten ihn in Verlegenheit, selbst wenn er ihre Handschrift entziffern konnte, denn sie sprachen von vielen Dingen, deren Namen er nie gehört, und von anderen, die er vergessen hatte und die er jetzt nicht mehr rechtzeitig besorgen konnte. Doch dachte er, er könne ein oder zwei Gewürze ausprobieren, von denen in den Büchern die Rede war. Er kratzte sich am Kopf, und ihm fiel ein alter schwarzer Kasten mit verschiedenen Fächern ein, in dem der vorige Koch einst Gewürze und allerlei andere Zutaten für besondere Kuchen aufgehoben hatte. Er hatte ihn seit Beginn seiner Tätigkeit nicht mehr angesehen, doch fand er ihn nach längerem Suchen auf einem hohen Regal im Vorratsraum.

Er nahm ihn herunter und blies den Staub von seinem Deckel, doch als er ihn öffnete, sah er, daß nur noch sehr wenige Gewürze da waren, und sie waren trocken und ohne Aroma. Doch in einem Eckfach entdeckte er einen kleinen Stern, kaum größer als ein Pfennig und schwärzlich, wie aus angelaufenem Silber. »Wie komisch!« sagte er, als er ihn ans Licht hielt.

»Nein, keineswegs!« sagte eine Stimme hinter ihm so unerwartet, daß er herumfuhr. Es war die Stimme Stifts, und nie zuvor hatte er so zu seinem Meister gesprochen. Er sprach kaum je mit Nokes, wenn der ihn nicht anredete — wie sich das ja auch für einen jungen Menschen gehörte. Bei Zuckerguß mochte er ganz geschickt sein, doch mußte er noch eine Menge lernen: das war Nokes' Ansicht.

»Was soll das heißen, junger Mann?« sagte er, keineswegs freundlich. »Wenn es nicht komisch ist, was dann?«

»Es ist *elbisch*«, sagte Stift. »Es kommt aus Elbland.«

Da lachte der Koch. »Schon gut, schon gut«, sagte er.

»Das bedeutet ja wohl dasselbe, doch kannst du es so nennen, wenn du magst. Du wirst schon noch erwachsen werden. Jetzt entkerne die Rosinen weiter. Wenn du seltsam elbische dabei siehst, sagst du mir Bescheid.«

»Was werden Sie mit dem Stern tun, Meister?« fragte Stift.

»Natürlich in den Kuchen tun«, sagte der Koch. »Genau das Richtige, wenn es *ein Elblandstern* ist«, kicherte er. »Ich nehme an, es ist noch nicht so lange her, daß du auf Kindergesellschaften warst, bei denen solcher Tand in den Teig gerührt wird, und wertlose Münzen und was weiß ich. Jedenfalls tun wir das hier im Dorf: es macht den Kindern Spaß.«

»Aber das ist kein Tand, Meister, es ist ein Elbenstern«, sagte Stift.

»Das hast du schon mal gesagt«, fuhr der Koch ihn an. »Es ist gut, ich werde es den Kindern sagen, sie werden es lustig finden.«

»Das glaube ich nicht, Meister«, sagte Stift. »Aber man sollte es ruhig tun.«

»Was glaubst du eigentlich, mit wem du redest?«

Zur rechten Zeit wurde der Kuchen gebacken und glasiert, hauptsächlich von Stift. »Da dir so an Elfen liegt, laß ich dich die Elfenkönigin machen«, sagte Nokes zu ihm.

»Sehr wohl, Meister«, antwortete er. »Wenn Sie so viel zu tun haben, mache ich sie. Aber der Gedanke stammt von Ihnen, nicht von mir.«

»Es ist auch meine Sache, Gedanken zu haben, und nicht deine«, sagte Nokes.

Beim Festmahl stand der Kuchen mitten auf der langen Tafel, in einem Kreis von vierundzwanzig roten Kerzen.

Oben lief er in einen kleinen Berg aus, auf dessen Flanken kleine Bäume wuchsen, die glitzerten wie von Reif; und auf dem Gipfel stand eine winzige weiße Gestalt auf einem Fuß, wie ein tanzendes Schneefräulein; in ihrer Hand hielt sie einen ganz kleinen Zauberstab aus Eis, der im Licht blitzte.

Die Kinder schauten mit großen Augen darauf, und eins oder zwei klatschten in die Hände und riefen: »Wie hübsch, wie elfisch!« Das gefiel dem Koch, aber der Lehrling blickte mißvergnügt drein. Beide waren da: der Meister, um den Kuchen anzuschneiden, wenn es so weit wäre, und der Lehrling, um das Messer zu wetzen und es ihm zu reichen.

Endlich nahm der Koch das Messer und ging zum Tisch. »Ich muß euch sagen, meine Lieben«, begann er, »daß unter diesem hübschen Zuckerguß ein Kuchen ist, aus vielen guten Sachen, doch ist außerdem allerlei Tand hineingebacken, kleine Münzen und sonstiger Kram. Man sagt, daß es Glück bringt, wenn man etwas davon in seinem Stück findet. Im Kuchen sind vierundzwanzig Dinge, so daß jeder von Euch eins bekommen müßte, wenn die Elfenkönigin gerecht ist. Aber immer ist sie das nicht, sie ist ein durchtriebenes Geschöpfchen. Fragt nur den Herrn Stift.« Der Lehrling wandte sich ab und blickte in die Gesichter der Kinder.

»Ach, ich vergaß«, sagte der Koch, »heute abend sind es ja fünfundzwanzig. Da ist noch ein kleiner Stern, ein zauberischer, ein besonderer, jedenfalls sagt Herr Stift das. Aufgepaßt also! Wenn einer von euch sich einen hübschen Vorderzahn daran ausbricht, wird der Zauberstern ihn nicht heilmachen. Doch denke ich, es bringt trotzdem sehr viel Glück, ihn zu finden.«

Es war ein guter Kuchen, und niemand konnte etwas

daran bemängeln, außer daß er nicht größer war als nötig. Als er aufgeschnitten war, gab es für jedes Kind ein großes Stück, doch blieb nichts übrig, es war keine Aussicht auf eine zweite Portion. Die Stücke verschwanden bald, und hie und da wurde jeweils ein Stückchen von dem Tand oder ein Geldstück gefunden. Einige fanden eines, andere zwei und manche keines; denn so geht es mit dem Glück, ob auf dem Kuchen eine Puppe mit dem Zauberstab ist oder nicht. Als aber der Kuchen ganz und gar verspeist war, war von dem Zauberstern nichts zu sehen.

»Na so was«, sagte der Koch. »Dann war er bestimmt nicht aus Silber; er muß geschmolzen sein. Oder Herr Stift hatte recht, es war wirklich ein Zauberstern, und er ist einfach verschwunden und ins Elfenreich zurückgekehrt. Das ist nicht sehr nett, finde ich.« Er schaute den Stift hämisch an, und Stift blickte mit dunklen Augen zurück, ohne zu lächeln.

Doch es war tatsächlich ein Elbenstern: bei so etwas irrte der Lehrling nicht. Einer der Jungen hatte ihn beim Festmahl hinuntergeschluckt, ohne etwas zu merken, doch hatte er in seinem Stück Kuchen eine Silbermünze gefunden und sie Nell, dem kleinen Mädchen neben ihm, gegeben: sie sah so enttäuscht drein, weil sie in ihrem Stück nichts gefunden hatte. Manchmal fragte der Junge sich, was wohl aus dem Stern geworden sein mochte, und er wußte nicht, daß der in ihm war, an einer Stelle, wo er ihn nicht spüren konnte; denn so sollte es sein. Dort blieb er lange, bis seine Zeit kam.

Das Fest hatte mitten im Winter stattgefunden. Doch jetzt war Juni, und die Nächte wurden kaum dunkel. Der Junge stand vor Morgengrauen auf, denn schlafen wollte er nicht, da es sein zehnter Geburtstag war. Er schaute aus dem Fenster, und die Welt schien ruhig und erwartungsvoll. Eine kühle und würzige Brise schüttelte sanft die erwachenden Bäume. Dann kam das Morgengrau, und weither hörte er die Vögel ihr Dämmerlied anstimmen. Es wurde stärker, da es zu ihm drang, bis es über ihn hinströmte und alles Land um das Haus anfüllte und wie eine Welle von Klang westwärts drang, während die Sonne sich über den Rand der Erde erhob.

»Das erinnert mich an Elbland«, hörte er sich selbst sagen, »doch singen dort auch die Leute.« Dann begann er zu singen, laut und klar, mit seltsamen Worten, die er auswendig zu kennen schien. In dem Augenblick fiel ihm der Stern aus dem Mund, und er fing ihn in der Hand auf. Blankes Silber war er nun, wenn die Sonne darauf glänzte; doch zitterte er und hob sich ein wenig, als wolle er davonfliegen. Ohne nachzudenken, schlug sich der Junge die Hand vor die Stirn, und dort blieb der Stern, mitten auf der Stirn, und er trug ihn da viele Jahre.

Doch sahen nur wenige Menschen im Dorf ihn, wenn er auch aufmerksamen Augen nicht verborgen war; er wurde Teil seines Gesichts und leuchtete gewöhnlich nicht. Etwas von dem Licht ging auf seine Augen über; und seine Stimme, die begonnen hatte, schön zu werden, als der Stern zu ihm kam, ward um so schöner, je älter er wurde. Die Menschen hörten ihn gern sprechen, und wenn er nur ›Guten Morgen‹ sagte.

Im ganzen Lande, weit über das Dorf hinaus, wurde er bekannt für seine gute Arbeit. Sein Vater war Schmied, und ihm schlug er nach und leistete bessere Arbeit denn er. Schmiedsohn nannte man ihn zu seines Vaters Lebzeiten, und dann nur noch Schmied. Denn inzwischen war er der beste Schmied zwischen Fernostingen und dem Westwald, und in seiner Schmiede konnte er alle Gegenstände aus Eisen fertigen. Die meisten davon waren natürlich einfach und nützlich, zum täglichen Gebrauch bestimmt: Werkzeug für die Landwirtschaft, für den Zimmermann, Gerätschaften für die Küche – Töpfe und Pfannen, Stangen und Schrauben und Scharniere, Kessel, Topfhaken, Feuerböcke, Hufeisen und dergleichen. Sie waren kräftig und haltbar, hatten aber zugleich eine anmutige Form, waren gut für die Hand und gefielen dem Auge.

Doch wenn er Zeit hatte, machte er manche Dinge zu seinem Vergnügen; und die waren wunderschön, denn er konnte Eisen in Formen bringen, die leicht und zart aussahen wie ein Hauch von Blättern und Blüten, aber sie bewahrten die strenge Kraft des Eisens oder schienen eher noch stärker. Kaum jemand ging an den Gittern oder Toren vorbei, die er machte, ohne stehenzubleiben und sie zu bewundern, und niemand gelangte hindurch, wenn sie geschlossen waren. Er sang bei der Arbeit an solchen Gegenständen; und wenn der Schmied zu singen begann, hielten die in der Nähe mit ihrer Arbeit inne und kamen zur Schmiede, um zu lauschen.

Das war alles, was die Leute gemeinhin von ihm wußten. Es war auch genug, und war mehr als das, was die meisten Männer oder Frauen im Dorfe erreichten, auch diejenigen, die geschickt waren und sich Mühe gaben. Doch es gab noch mehr Bemerkenswertes an seiner Person. Denn der Schmied lernte Elbland kennen, und einige seiner Gegenden kannte er so gut, wie dies ein Sterblicher vermag. Da aber zu viele so geworden waren wie Nokes, sprach er, außer zu seiner Frau und seinen Kindern, nur zu wenigen darüber. Seine Frau war Nell, der er die Silbermünze gegeben hatte, seine Tochter hieß Nan, und sein Sohn Ned Schmiedsohn. Vor ihnen hätte er es ohnehin nicht geheimhalten können, denn zuweilen sahen sie den Stern auf seiner Stirn leuchten, wenn er von einer seiner langen Wanderungen zurückkehrte, die er hin und wieder abends allein zu machen pflegte, oder wenn er von einer Reise heimkam.

Von Zeit zu Zeit ging er fort, manchmal zu Fuß, manchmal zu Pferd, und gemeinhin wurde angenommen, daß es beruflich geschah. Mitunter stimmte das auch, manchmal auch wieder nicht. Jedenfalls tat er es nicht, um Aufträge hereinzuholen oder um Roheisen und Holzkohle und anderes Material zu kaufen, auch wenn er bei solchen Dingen sorgsam war und es verstand, sein Geld auf ehrliche Weise zu mehren. Er hatte eine besondere Art von Geschäften in Elbland zu erledigen, und er war dort willkommen; denn der Stern leuchtete hell auf seiner Stirn, und er war so sicher, wie es ein Sterblicher in diesem gefahrvollen Lande nur sein kann. Die kleineren Übel mieden den Stern, und vor den großen wurde er bewahrt.

Dafür war er dankbar, denn er begriff bald und sah ein, daß man sich den Wundern von Elbland nicht ohne Gefahr nähern, und daß man vielen der Übel nur mit Waffen entgegentreten kann, die zu mächtig sind, als daß ein Sterblicher sie zu handhaben vermöchte. Er war ein Lernender und Forschender, doch kein Krieger; und wenn er auch mit der Zeit hätte Waffen schmieden können, die in seiner Welt Macht genug gehabt hätten, um Stoff für Sagen zu liefern und von unermeßlichem Wert zu sein, so wußte er doch, daß sie in Elbland nicht viel gegolten hätten. Und daher kennt man, obwohl er so vielerlei Dinge schmiedete, kein einziges Schwert, keinen Speer und keine Pfeilspitze von seiner Hand.

In Elbland wanderte er zuerst meist still unter den geringeren Bewohnern und den edleren Geschöpfen des Waldes und der Auen zauberischer Täler dahin, an klaren Gewässern entlang, in denen nachts fremde Sterne leuchteten und bei Anbruch des Morgens sich die glühenden Spitzen ferner Berge spiegelten. Einige seiner kürzeren Besuche verbrachte er damit, nur einen Baum oder eine Blume anzuschauen; doch später, auf längeren Reisen, sah er Dinge von solcher Schönheit und solcher Schreckensmacht, daß er sich ihrer nicht deutlich zu erinnern, noch sie seinen Freunden mitzuteilen vermochte, wenn er auch wußte, daß sie tief in seinem Herzen bewahrt waren.

Doch einige vergaß er nicht, und sie blieben in seinem Sinn als Geheimnisse und Wunder, derer er oft gedachte.

Als er sich erstmals ohne Führer weit vorwagte, meinte er, das Land in seiner ganzen Weite kennenzulernen; doch erhoben sich hohe Berge vor ihm, und wie er auf langen Wegen um sie herumwanderte, kam er schließlich an ein verlassenes Gestade. Er stand am Meer der Windlosen Stürme, wo die blauen Wellen wie schneebedeckte Berge still aus dem Unlicht auf die lange Küste zurollen und die hellen Schiffe tragen, die von Schlachten in den Finstren Marken heimkehren, von denen die Menschen nichts wissen. Er sah, wie ein großes Schiff hoch aufs Land schoß, und die Wasser fielen lautlos schäumend in sich zusammen. Die elbischen Seekrieger waren groß und furchtgebietend; ihre Schwerter leuchteten, und ihre Speere blitzten, und in ihren Augen war ein sehrendes Licht. Plötzlich erhoben sie ihre Stimmen zu einem Triumphlied, und sein Herz bebte vor Furcht; er fiel auf sein Gesicht, sie schritten an ihm vorüber, hin zu den hallenden Bergen.

Er ging danach nicht mehr an jene Küste, da er glaubte, er sei in einem von der See umgebenen Inselreich. Er wandte seinen Sinn den Bergen zu, da er wünschte, ins Herz des Königreichs einzudringen. Einmal wurde er bei solcher Wanderung von einem grauen Dunst eingehüllt und irrte lange suchend umher, bis der Dunst sich hob und er sich in einer weiten Ebene fand. Fernab war ein großer Schattenberg, und aus dem Schatten, der seine Wurzel war, sah er den Baum des Königs aufragen. Der türmte sich bis in den Himmel, und sein Licht war wie das der Sonne am Mittag. Er trug zu gleicher Zeit ungezählte Blätter, Blüten und Früchte, und keines der Gebilde, die auf dem Baume wuchsen, glich einem anderen.

Er sah diesen Baum nie mehr, obschon er oft nach ihm forschte. Auf einer dieser Reisen, da er in die Äußeren Berge stieg, kam er an ein tiefes Tal zwischen ihnen, und an seinem Grunde sah er einen See, der still lag und unbewegt, obgleich eine leichte Brise die umliegenden Wälder bewegte. Das Licht in jenem Tal war rot wie Sonnenuntergang, aber es kam aus dem See herauf. Von einer niedrigen, überhängenden Klippe blickte er hinab, und ihm schien, als könne er in unmeßbare Tiefen schauen; dort aber sah er in einer Vertiefung des Bodens seltsame flammenförmige Gebilde sich winden und verlaufen wie große Wasserpflanzen, und Geschöpfe wie Feuer wandelten zwischen ihnen hin und her. Voll Staunen ging er hinab zum Rande des Wassers und berührte es mit seinem Fuß, doch war es kein Wasser: es war härter als Stein und glatter als Glas. Er trat darauf und schlug hart hin, während ein hallendes Dröhnen über den See lief und sich an dessen Gestaden brach.

Auf einmal wurde aus der Brise ein wilder Wind, der

brüllte wie ein großes Tier. Dieser erfaßte ihn und schleuderte ihn ans Ufer, jagte ihn die Hänge hinauf, wobei er trieb und fiel wie ein welkes Blatt. Er schlang seine Arme um den Stamm einer jungen Birke und hielt sich daran. Der Wind aber rang wütend mit ihnen und wollte ihn fortziehen; die Birke wurde bis zum Boden gebogen durch den Atem des Windes und umschloß ihn mit ihren Zweigen. Als schließlich der Wind davonzog, erhob er sich und sah, daß die Birke nackt war. Jedes ihrer Blätter war abgerissen, und sie weinte, daß ihre Tränen wie Regen von den Zweigen fielen. Er legte ihr die Hand auf die weiße Rinde und sagte: »Gesegnete Birke. Was kann ich tun, um etwas gutzumachen oder dir zu danken?« Er spürte die Antwort des Baumes von seiner Hand emporsteigen. »Nichts«, lautete sie. »Geh! Der Wind jagt dich. Du gehörst nicht hierher. Geh und kehre nie wieder!«

Als er wieder aus diesem Tal emporkletterte, spürte er, wie die Tränen der Birke sein Gesicht hinunterliefen und bitter auf seine Lippen fielen. Sein Herz war traurig, während er seines langen Weges zog, und für eine Weile betrat er Elbland nicht mehr. Doch lassen konnte er es nicht, und als er wieder dorthin zurückkehrte, war sein Wunsch, tief ins Land einzudringen, noch größer geworden.

Schließlich fand er einen Weg durch die Äußeren Berge, und er ging, bis er an die Inneren Berge kam, und sie waren hoch, schroff und abweisend. Doch dann fand er einen Paß, den er ersteigen konnte, und nach Tagen großer Gefahren kam er durch eine enge Schlucht und blickte, ohne es zu wissen, in das Tal von Immermorgen, wo das Grün das der Auen im Äußeren Elbland übertrifft, so wie diese das Frühlingsgrün bei uns. Die Luft dort ist so durchsichtig, daß das Auge die roten Zungen der Vögel zu sehen vermag, wenn sie auf den Bäumen singen, die auf der anderen Seite des Tales stehen. Das Tal aber ist sehr breit, und die Vögel sind nicht größer als Zaunkönige.

Die Innenflanken der Berge senkten sich sanft und tief, und auf ihnen lag der Klang schäumender Wasserfälle, und er eilte mit großer Freude weiter. Wie er den Fuß auf das Gras im Tale setzte, hörte er elbische Stimmen singen, und auf einem Mattenstück neben einem von Lilien leuchtenden Fluß sah er viele Mädchen tanzen. Es bezauberte ihn, wie rasch und anmutig und mit welchen stets wechselnden Schritten sie tanzten, und er ging auf ihren Reigen zu. Plötzlich standen sie still, und ein junges Mädchen mit fließendem Haar und wehendem Rock trat heraus und auf ihn zu.

Lachend sprach sie ihn an und sagte: »Du wirst kühn, Sternbraue. Fürchtest du nicht, was die Königin sagen könnte, wenn sie davon erführe? Es sei denn, du bist mit ihrer Einwilligung hier.« Er war beschämt, denn ihm wurde bewußt, was er dachte; und er wußte, daß sie es sah: der Stern auf seiner Stirn sei ein Freibrief, überallhin zu gehen, wohin er nur wollte; und nun erfuhr er, daß dem nicht so war. Doch sie lächelte, als sie wiederum sprach: »Komm! Da du schon hier bist, sollst du mit mir tanzen«, und sie nahm ihn bei der Hand und führte ihn in den Reigen.

Dort tanzten sie miteinander, und eine Weile lang spürte er, was es bedeutet, die Flinkheit und die Kraft und das Entzücken zu haben, mit ihr sich zu drehen. Doch nur für eine Weile. Denn bald, wie es ihm schien, hielten sie inne, und sie bückte sich nieder und brach eine weiße Blume zu ihren Füßen, die sie ihm ins Haar steckte. »Lebewohl!« sagte sie. »Vielleicht treffen wir einander wieder, mit dem Willen der Königin!«

Er konnte sich an die Heimreise nach diesem Zusammentreffen überhaupt nicht erinnern, bis er merkte, daß er über die Straßen seines eigenen Landes ritt; in einigen Dörfern aber starrten die Menschen ihn voll Verwunderung an und schauten ihm nach, bis er aus ihren Augen war. Als er zu seinem Hause kam, lief ihm seine Tochter entgegen und grüßte ihn voller Freude – er war früher zurückgekehrt als beabsichtigt, aber nicht zu früh für die, die ihn erwarteten. »Vati«, rief sie, »wo warst du? Dein Stern strahlt hell!«

Als er über die Schwelle trat, verdunkelte sich der Stern wieder, doch Nell nahm ihn bei der Hand und führte ihn an das Herdfeuer, wo sie sich umwandte und ihn ansah. »Lieber Mann«, sagte sie, »wo warst du, und was hast du gesehen? Du hast eine Blume im Haar.« Sie nahm sie ihm sacht vom Kopf, und sie lag auf ihrer Hand. Dabei sah sie aus wie ein aus großer Ferne betrachteter Gegenstand, doch lag sie da, und aus ihr drang ein Licht, das Schatten warf auf die Wände des Raumes, den nun der Abend verdunkelte. Der Schatten des Mannes vor ihr ragte auf, und sein großes Haupt beugte sich über sie. »Du siehst aus wie ein Riese, Papa«, sagte sein Sohn, der vorher nicht gesprochen hatte.

Die Blume welkte nicht und verlor nicht ihr Licht; sie bewahrten sie als Schatz und Geheimnis. Der Schmied machte ein Kästchen mit einem Schlüssel dafür, und da lag sie und wurde durch viele Generationen in der Familie weitergegeben; und die den Schlüssel erbten, öffneten bisweilen das Kästchen und schauten lang auf die Lebende Blume, bis das Kästchen sich wieder schloß – es lag nicht in ihrem Ermessen, diesen Zeitpunkt zu bestimmen.

Die Jahre im Dorf standen nicht still. Viele waren nun vergangen. Beim Fest der Kinder, als er den Stern bekam, war der Schmied noch nicht zehn Jahre alt gewesen. Dann kam ein weiteres Fest der Vierundzwanzig, bei dem Alf schon selbst Küchenmeister war und sich einen neuen Lehrling, Haffner, genommen hatte. Zwölf Jahre darauf war der Schmied mit der Lebenden Blume heimgekehrt; und nun stand ein weiteres Kinderfest der Vierundzwanzig für den kommenden Winter bevor. Eines Tages in jenem Jahr ging der Schmied durch die Wälder des Äußeren Elblandes, es war Herbst. Hinter ihm wurden Schritte hörbar, doch achtete er ihrer nicht, noch wandte er sich um, denn er war tief in Gedanken.

Zu diesem Besuch war er aufgefordert worden, und er hatte eine lange Reise getan. Länger schien sie ihm als jede, die er bisher unternommen hatte. Er wurde geführt und bewahrt, aber er erinnerte sich der Wege kaum, die er gegangen war; denn oft hatte Dunst oder Schatten ihm die Sicht genommen, bis er schließlich zu einem hochgelegenen Platz unter einem Nachthimmel mit unzählbaren Sternen kam. Dort wurde er vor die Königin geführt. Sie trug keine Krone und saß auf keinem Thron. Sie stand dort in ihrer Majestät und ihrem Glanz, und um sie her war eine große Heerschar, schimmernd und glitzernd wie die Sterne droben; doch all die Speerspitzen überragte sie, und auf ihrem Haupt strahlte eine weiße Flamme. Sie winkte ihm näherzutreten, und zitternd trat er vor. Laut erscholl ein klarer Trompetenstoß, und siehe: sie waren allein.

Er stand ihr gegenüber, und er kniete nicht nieder, denn er war bestürzt, und er spürte, daß für einen so Geringen alle Gesten vergeblich waren. Schließlich schaute er auf und erblickte ihr Antlitz, und ihre Augen beugten sich ernst zu ihm nieder; doch war er verwirrt und erschrocken, denn in dem Augenblick erkannte er sie: das schöne Mädchen aus dem Grünen Tal, die Tänzerin, zu deren Füßen die Blumen erblühten. Sie lächelte, da sie sah, daß er sich erinnerte, und näherte sich ihm; und lange sprachen sie miteinander, meist ohne Worte, und er erfuhr viele Dinge aus ihrem Denken, von denen einige ihn mit großer Freude erfüllten, andere aber mit Kummer. Dann wandte sein Sinn sich zurück und blickte auf sein bisheriges Leben, bis hin zum Fest der Kinder und dem Auftauchen des Sterns, und auf einmal sah er wieder die kleine tanzende Figur mit ihrem Stab, und beschämt senkte er die Augen vor der Königin Schönheit.

Doch erneut lachte sie wie im Tal von Immermorgen. »Gräme dich nicht meinetwegen, Sternbraue«, sagte sie. »Und schäme dich auch nicht zu sehr deines Volks. Vielleicht ist eine kleine Puppe besser als keine Erinnerung an Elbland. Für einige ist es der einzige Blick, den sie erhaschen. Für andere ist es das Erwachen. Seit jenem Tag hast du dich in deinem Herzen nach meinem Anblick gesehnt, und ich habe dir den Wunsch erfüllt. Doch mehr kann ich für dich nicht tun. Nun beim Abschied mache ich dich zu meinem Boten. Wenn Du den König triffst, sag ihm: *Die Zeit ist da. Er möge wählen.*«

»Aber, Herrin von Elbland«, stammelte er, »wo ist der König?« Denn oft schon hatte er den Leuten aus Elbland diese Frage gestellt, und alle hatten erwidert: »Er hat es uns nicht gesagt.«

Und die Königin antwortete: »Wenn er es dir nicht gesagt hat, Sternbraue, darf auch ich es nicht. Aber er reist viel, und man kann ihn ganz unerwartet treffen. Nun knie nieder.«

Dann kniete er, und sie beugte sich über ihn und legte

ihm die Hand auf den Kopf, und eine große Ruhe kam über ihn; er schien zugleich in der Welt und in Elbland zu sein, und doch auch außerhalb beider, als Betrachter. So spürte er gleichzeitig Verlust und Besitz, und Frieden. Als nach einer Weile die Ruhe vorüberging, hob er seinen Kopf und stand auf. Der Himmel war dämmrig, die Sterne zeigten sich bleich, und die Königin war fort. Fern hörte er das Echo eines Trompetensignals in den Bergen. Die Hochebene, auf der er stand, lag leer und lautlos da; und er wußte, daß sein Weg zurückführte zur Verlassenheit.

Dieser Ort des Zusammentreffens lag nun weit hinter ihm, er wanderte durch gefallenes Laub und bedachte alles, was er gesehen und erfahren hatte. Die Schritte näherten sich, bis plötzlich eine Stimme neben ihm sagte: »Haben wir denselben Weg, Sternbraue?«

Er erschrak und fuhr aus seinen Gedanken auf, und er sah einen Mann neben sich. Groß war er und ging rasch und leichtfüßig. Er war ganz in dunkles Grün gekleidet und trug eine Kapuze, wodurch sein Gesicht zum Teil im Schatten lag. Der Schmied war verwirrt, denn nur Leute aus Elbland nannten ihn ›Sternbraue‹, doch konnte er sich nicht erinnern, diesen Mann je gesehen zu haben. Doch spürte er voll Unbehagen, daß er ihn kennen müsse. »Was ist dein Weg?« fragte er.

»Ich gehe gerade zurück zu deinem Dorf«, erwiderte der Mann, »und ich hoffe, daß auch du heimkehrst.«

»Das tue ich«, sagte der Schmied. »Wir wollen gemeinsam gehen. Doch jetzt fällt mir etwas ein. Bevor ich meine Heimreise antrat, gab mir eine große Herrin eine Botschaft, doch bald werden wir Elbland hinter uns lassen, und ich glaube nicht, daß ich jemals zurückkehre. Wirst du wieder herkommen?«

»Ja. Du kannst mir die Botschaft sagen.«

»Sie war aber für den König. Weißt du, wo er sich aufhält?«

»Ja. Wie hieß die Botschaft?«

»Die Herrin bat mich lediglich, ihm zu sagen: *Die Zeit ist da. Er möge wählen.*«

»Ich verstehe. Mach dir keine Gedanken mehr darüber.«

Dann schritten sie Seite an Seite, und man hörte nur das Rascheln des Laubs unter ihren Füßen. Doch nach wenigen Meilen, sie waren noch in Elbland, blieb der Mann stehen. Er wandte sich dem Schmied zu und schlug seine Kapuze zurück. Da erkannte der Schmied ihn. Es war Alf, der Stift, wie der Schmied ihn in Gedanken noch nannte, da er sich noch des Tags erinnerte, als Alf im Saal stand und das leuchtende Messer zum Schneiden des Kuchens bereithielt, und wie seine Augen im Licht der Kerzen glänzten. Er mußte schon alt sein, denn er war viele Jahre hindurch Küchenmeister gewesen; doch hier, wie er unter dem Blätterdach des Äußeren Waldes stand, sah er ganz wie der Lehrling von früher aus, wenn auch eher wie ein Meister: weder hatte er graues Haar noch im Gesicht Falten, und seine Augen strahlten, als würfen sie ein Licht zurück.

»Ich möchte mit Dir sprechen, Schmied Schmiedsohn, bevor wir in euer Land heimkehren«, sagte er. Den Schmied erstaunte das, denn er hatte selbst oft mit Alf sprechen wollen, aber es war nie möglich gewesen. Stets hatte Alf ihn freundlich gegrüßt und wohlwollend angesehen, aber es schien, als hätte er ein Gespräch mit ihm allein vermeiden wollen. Nun schaute er den Schmied freundlich an, dann aber hob er die Hand und berührte mit dem Zeigefinger den Stern auf der Braue. Der Glanz entschwand aus seinen Augen, und da wußte der Schmied, daß er von dem Stern kam, der sicherlich hell geschienen hatte, jetzt aber matt geworden war. Er war überrascht und wich ärgerlich zurück.

»Glaubst du nicht, Meister Schmied«, sagte Alf, »daß es Zeit für dich ist, das hier zurückzugeben?«

»Was geht das dich an, Meister Koch?« antwortete er. »Warum sollte ich? Gehört er mir nicht? Er fiel mir zu, und sollte man nicht behalten dürfen, was einem zugefallen ist, und sei es nur zur Erinnerung?«

»Manches schon. Nämlich was geschenkt und zur Erinnerung gegeben wurde. Aber anderes wird nicht auf diese Weise gegeben. So etwas kann einem Menschen nicht auf immer gehören, noch kann er es als sein Erbe betrachten. Es wird geliehen. Vielleicht hast du nicht bedacht, daß ein anderer es braucht. Genau das ist der Fall. Die Zeit drängt.«

Das verwirrte den Schmied, denn er war großzügig, und er gedachte mit Dankbarkeit all dessen, was der Stern ihm gebracht hatte. »Was soll ich also tun?« fragte er. »Soll ich ihn einem der Großen in Elbland geben? Dem König?« Wie er das sagte, erhob sich in seinem Herzen die Hoffnung, daß er auf solchem Gange noch einmal Elbland betreten könnte.

»Du kannst ihn mir geben«, sagte Alf, »aber vielleicht kommt dich das zu hart an. Gehst du mit mir zum Vorratsraum und legst ihn in den Kasten zurück, in den dein Großvater ihn gelegt hat?«

»Das habe ich nicht gewußt«, sagte der Schmied.

»Niemand außer mir hat es gewußt. Ich war als einziger bei ihm.«

»Ich nehme an, daß du dann auch weißt, wie er an den Stern kam und warum er ihn in den Kasten legte?«

»Er brachte ihn aus Elbland mit: das brauchst du nicht

erst zu fragen«, antwortete Alf. »Er hinterließ ihn in der Hoffnung, daß er auf dich komme, seinen einzigen Enkel. Das sagte er mir, weil er hoffte, daß ich es so einrichten könnte. Er war der Vater deiner Mutter. Ich weiß nicht, ob sie dir viel von ihm erzählt hat, wenn sie überhaupt viel wußte. Er wurde Waller genannt, denn er reiste viel: manches hatte er gesehen und gelernt, bevor er sich niederließ und Küchenmeister wurde. Doch ging er fort, als du erst zwei Jahre alt warst – und zu seinem Nachfolger konnten sie keinen besseren machen als Nokes, den Armen. Doch wurde ich, wie wir es erwartet hatten, zur rechten Zeit Küchenmeister. Ich werde dies Jahr wieder einen Großen Kuchen machen: wohl als einziger, der je, seit Menschengedenken, einen zweiten machte. Da möchte ich gern den Stern hineintun.«

»Gut, du sollst ihn haben«, sagte der Schmied.

Er schaute Alf an, als versuche er seine Gedanken zu lesen. »Weißt du, wer ihn finden wird?«

»Was geht das dich an, Meister Schmied?«

»Ich hätte es gern gewußt, Meister Koch. Vielleicht fällt es mir dann leichter, mich von einer so liebgewordenen Sache zu trennen. Das Kind meiner Tochter ist noch zu jung.«

»Das ist nicht gesagt. Wir wollen es abwarten«, sagte Alf.

Sie sprachen nichts mehr, und sie gingen ihres Wegs, bis sie aus Elbland herauskamen und schließlich ins Dorf zurückkehrten. Dort gingen sie zum Saal; und in der Welt ging nun die Sonne unter und schien mit rotem Licht in die Fenster. Die vergoldeten Schnitzereien der großen Tür glühten, und seltsame vielfarbige Gesichter schauten von den Wasserspeiern unter dem Dach herab. Kurz zuvor hatte der Saal neue Fenster und einen frischen Anstrich bekommen, und im Rat hatte man viel und heftig darüber geredet. Einigen gefiel es nicht, und sie nannten es ›neumodisch‹; andere aber, die besser Bescheid wußten, sahen, daß es eine Rückkehr zu altem Brauch war. Da es jedoch niemanden etwas gekostet hatte – denn offenbar hatte der Küchenmeister selbst dafür bezahlt –, ließ man ihm seinen Willen. Der Schmied hatte den Saal nie zuvor in solchem Licht gesehen, und er stand und staunte, wobei er ganz den Zweck seines Dortseins vergaß.

Er fühlte sich am Arm gefaßt, und Alf führte ihn zu einer kleinen Tür im hinteren Teil des Saales. Er öffnete sie und führte den Schmied durch einen dunklen Gang in den Vorratsraum. Dort entzündete er eine große Kerze und schloß einen Schrank auf, dann nahm er einen schwarzen Kasten von einem Brett. Er war nun poliert und mit silbernen Beschlägen verziert.

Er hob den Deckel und zeigte dem Schmied das Innere. Ein kleines Fach war leer; die anderen waren nun mit Gewürzen gefüllt, die frisch und kräftig dufteten, und des Schmieds Augen begannen zu tränen. Er legte die Hand an die Stirn, und der Stern löste sich leicht; doch verspürte er einen stechenden Schmerz, und Tränen liefen ihm übers Gesicht. Wenn auch der Stern, wie er ihn in der Hand hielt, hell leuchtete, konnte er ihn nur als verschwommenen Lichtschein sehen, der von fern zu kommen schien.

»Ich kann nicht deutlich sehen«, sagte er. »Du mußt ihn für mich hineinlegen.« Er streckte seine Hand aus, und Alf nahm den Stern und legte ihn an seine Stelle, und er wurde dunkel.

Der Schmied wandte sich ohne weitere Worte ab und tastete sich zur Tür. Auf der Schwelle merkte er, daß seine Sicht nicht mehr trübe war. Es war Abend, und der Abendstern leuchtete an einem hellen Himmel nahe dem Mond. Wie er einen Augenblick stand und auf beider Schönheit blickte, fühlte er eine Hand auf seiner Schulter, und er wandte sich um.

»Du hast mir den Stern freiwillig gegeben«, sagte Alf. »Wenn du immer noch wissen willst, welches Kind ihn bekommen soll, sage ich es dir.«

»Das will ich.«

»Es bekommt ihn das Kind, das du bestimmst.«

Der Schmied war verblüfft und antwortete nicht sofort. »Nun«, sagte er zögernd, »ich weiß nicht, was du von meiner Wahl hältst. Ich nehme an, du hast wenig Grund, den Namen Nokes gern zu hören, aber ich meine, sein kleiner Urenkel, Nokes von Townsend's Tim, wird zum Fest kommen. Nokes von Townsend ist ganz anders.«

»Den Eindruck habe ich auch«, sagte Alf. »Er hatte eine vernünftige Mutter.«

»Ja, Nells Schwester. Doch, von der Verwandtschaft mal abgesehen – ich mag den kleinen Tim. Auch wenn seine Wahl nicht selbstverständlich scheint.«

Alf lächelte: »Das war deine auch nicht«, sagte er. »Aber ich bin deiner Ansicht. Ich hatte selbst schon an ihn gedacht.«

»Warum hast du dann mich gebeten, jemanden auszuwählen?«

»Es war der Wunsch der Königin. Wäre deine Wahl anders ausgefallen, hätte ich nachgegeben.«

Der Schmied schaute Alf lange an. Dann verbeugte er sich plötzlich tief. »Jetzt erst verstehe ich, Herr«, sagte er. »Du hast uns zuviel Ehre erwiesen.«

»Ich bin belohnt worden«, sagte Alf. »Geh nun in Frieden heim.«

Als der Schmied sein Haus am westlichen Rand des Dorfes erreichte, sah er seinen Sohn an der Tür der Schmiede. Er hatte sie gerade verschlossen, denn die Tagesarbeit war getan, und er stand nun und schaute die helle Straße entlang, auf der sein Vater von seinen Reisen heimzukehren pflegte. Da er Schritte hörte, wandte er sich voller Überraschung um und sah ihn vom Dorf kommen. Er lief ihm entgegen und schlang seine Arme um ihn in liebendem Willkommen.

»Seit gestern hoffte ich, du würdest kommen, Vater«, sagte er. Dann schaute er in seines Vaters Gesicht und sagte besorgt: »Wie müde du aussiehst! Du bist wohl weit gewandert?«

»In der Tat, mein Sohn, sehr weit. Den ganzen Weg von Tagesanbruch bis Abend!«

Zusammen gingen sie ins Haus. Es war dunkel, bis auf das im Kamin flackernde Feuer. Sein Sohn zündete Kerzen an, und eine Weile saßen sie schweigend am Feuer; denn der Schmied hatte das Gefühl großer Mattigkeit und herben Verlustes. Schließlich blickte er sich um, als komme er zu sich und fragte: »Warum sind wir allein?«

Der Sohn schaute ihn zweifelnd an. »Warum? Mutter ist drüben in Kleinholzingen, bei Nans Familie. Der Kleine wird heute zwei. Sie hatten gehofft, du würdest auch kommen.«

»Ja, ich hätte hingehen sollen. Ich wollte auch, Ned, aber ich wurde aufgehalten, und ich mußte Dinge bedenken, die alles andere eine Zeitlang aus meinem Kopf verdrängten. Aber ich habe Tommilein nicht vergessen.«

Er langte unter das Hemd und holte einen kleinen Brustbeutel aus weichem Leder hervor. »Ich habe ihm etwas mitgebracht. Der alte Nokes würde es wohl Tand nennen – aber es ist aus Elbland, Ned.« Aus der Tasche nahm er einen kleinen silbernen Gegenstand. Er war wie der weiche Stengel einer ganz kleinen Lilie, aus dessen oberem Ende drei zierliche Blüten kamen, die sich wie Glöckchen nach unten neigten. Und es waren Glöckchen, denn wenn man sie leicht schüttelte, läutete jede Blüte mit hellem Klang. Bei dem süßen Ton flackerten die Kerzen und leuchteten dann einen Augenblick mit weißem Licht.

Ned staunte mit offenen Augen. »Darf ich es mir ansehen, Papa?« sagte er. Er nahm es vorsichtig und schaute in die Blumen hinein. »Eine wunderbare Arbeit!« sagte er. »Und die Glöckchen duften, Papa, wie – ich habe es vergessen.«

»Ja, der Duft ist eine kurze Zeit da, wenn die Glöckchen geläutet haben. Nimm es unbesorgt in die Hand, Ned. Es ist so gemacht, daß ein Säugling damit spielen kann. Sie werden sich gegenseitig keinen Schaden zufügen.«

Der Schmied legte das Geschenk zurück in den Beutel und steckte ihn fort. »Ich werde es morgen selbst nach Kleinholzingen bringen«, sagte er. »Nan und ihr Tom und Mutter verzeihen mir dann vielleicht. Was Tommilein angeht – er ist noch nicht so weit, die Tage zu zählen . . . die Wochen, die Monate, die Jahre.«

»Ja, Vater, geh nur. Ich würde gern mitgehen; aber es wird noch eine Weile dauern, bis ich hinkomme. Ich hätte heute auch dann nicht gehen können, wenn ich nicht auf dich gewartet hätte. Es ist eine Menge zu tun, und ständig kommt neue Arbeit.«

»Nein, nein, Schmiedsohn! Nimm den Tag frei! Meine Arme sind nicht dadurch schon schwach geworden, daß ich jetzt Großvater bin. Die Arbeit soll nur kommen! Jetzt werden zwei Paar Hände sich an allen Werktagen damit beschäftigen. Ich werde nicht mehr reisen, Ned, keine langen Reisen mehr machen, du verstehst mich wohl.«

»Tatsächlich, Papa? Ich hatte mich schon gefragt, was mit dem Stern geschehen ist. Das ist schlimm.« Er nahm die Hand seines Vaters. »Es macht mich traurig, aber es hat auch sein Gutes für unser Haus. Weißt du, Meister Schmied, du kannst mich noch vieles lehren, wenn du Zeit hast. Und ich meine: nicht nur in der Schmiedekunst.«

Sie aßen gemeinsam zu Abend, und noch lange nach dem Ende der Mahlzeit saßen sie am Tisch, wo der Schmied seinem Sohn von seiner letzten Reise in Elbland berichtete, und von anderen Dingen, die ihm in den Sinn kamen – doch sagte er nichts über die Wahl des nächsten Sternträgers.

Schließlich schaute sein Sohn ihn an und sagte: »Vater, erinnerst du dich des Tages, als du mit der Blume zurückkamst? Und ich sagte, dein Schatten sei wie der eines Riesen. Der Schatten war die Wahrheit – du hast also mit der Königin selbst getanzt! Dennoch hast du den Stern zurückgegeben. Ich hoffe, ein ebenso Würdiger bekommt ihn. Das Kind sollte dankbar sein.«

»Das Kind wird nichts davon wissen«, sagte der Schmied. »So ist es mit solchen Geschenken, man kann es nicht ändern. Ich habe ihn weitergegeben, und jetzt kehre ich zu Hammer und Amboß zurück.«

Es ist seltsam, doch der alte Nokes, der seinen Lehrling verlacht hatte, hatte niemals das Verschwinden des Sterns in dem Kuchen vergessen können, obwohl die Sache schon vor so viel Jahren geschehen war. Dick und träge war er geworden und hatte sich mit sechzig – was im Dorf kein hohes Alter war – von seinem Amt zurückgezogen. Er war nun fast neunzig, ein massiger Mann, da er viel aß und vor allem auf Zucker versessen war. Den größten Teil seiner Tage verbrachte er, wenn er nicht am Eßtisch saß, in einem großen Stuhl am Fenster seines Häuschens oder, bei schönem Wetter, an der Tür. Er redete gern, da er noch viele Meinungen zu äußern hatte; doch seit einiger Zeit wandte das Gespräch sich meist dem Großen Kuchen zu, den er – wie er inzwischen selber fest glaubte – eigenhändig gemacht hatte. Immer wenn er einschlief, erschien er in seinen Träumen. Stift blieb ab und zu auf ein Schwätzchen stehen. Der alte Koch nannte ihn noch immer so, und er selbst wollte Meister genannt werden. Stift beachtete das genau, und das sprach für ihn, obwohl es andere gab, die Nokes lieber mochte.

Eines Nachmittags war Nokes nach dem Essen in seinem Stuhl an der Tür eingenickt. Er schrak aus seinem Schlaf auf, und er sah, daß Stift vor ihm stand und auf ihn niederblickte. »Hallo«, sagte er, »ich freue mich, dich zu sehen, denn der Kuchen kam mir wieder in den Sinn. Gerade jetzt habe ich an ihn gedacht. Es war der beste Kuchen, den ich je gemacht habe, und das heißt etwas. Aber du hast ihn vielleicht vergessen.«

»Nein, Meister. Ich entsinne mich seiner wohl. Aber was habt Ihr? Es war ein guter Kuchen, er gefiel und wurde gelobt.«

»Natürlich. Ich habe ihn ja auch gemacht. Darüber mach ich mir keine Gedanken. Das kleine Tändelding, der Stern, läßt mir keine Ruhe. Ich kann mir nicht vorstellen, was aus ihm geworden ist. Natürlich ist er nicht geschmolzen. Das habe ich nur den Kindern gesagt, damit sie keine Angst hatten. Ich habe mich gefragt, ob wohl eins von ihnen ihn geschluckt hat. Aber ist das denkbar? Man kann wohl eine von diesen kleinen Münzen schlukken, ohne es zu merken, aber nicht den Stern. Er war klein, aber er hatte spitze Zacken.«

»Ja, Meister. Aber wißt Ihr wirklich, woraus der Stern war? Grübelt nicht. Jemand hat ihn geschluckt, das versichere ich Euch.«

»Aber wer? Na ja, ich habe ein gutes Gedächtnis, und der Tag sitzt irgendwie darin fest. Ich kann mich an die Namen aller Kinder erinnern. Laß mich nachdenken. Es muß Müllers Molly gewesen sein! Sie war gierig und schlang ihr Essen. Jetzt ist sie wie ein Sack.«

»Ja, manche Leute werden so, Meister. Aber Molly hat ihren Kuchen nicht geschlungen. Sie hat zwei Stücke von dem Tand in ihrem Kuchen gefunden.«

»Ach, tatsächlich? Na, dann war es Harry Küfer. Ein Kerl wie ein Faß mit einem Froschmaul.«

»Ich würde sagen, Meister, daß er ein netter Junge mit einem breiten freundlichen Lächeln war. Jedenfalls hat er seinen Kuchen sorgfältig zerkrümelt, bevor er ihn aß. Er fand aber nur Kuchen.«

»Dann muß es das kleine bleiche Mädchen, Lilly Tucher, gewesen sein. Sie hat als kleines Kind Nadeln verschluckt, und sie haben ihr nichts getan.«

»Auch Lilly nicht, Meister. Sie hat nur die Kruste und den Zuckerguß gegessen und das Weiche einem Jungen gegeben, der neben ihr saß.«

»Dann geb ichs auf. Wer war es? Du scheinst sehr genau aufgepaßt zu haben. Wenn du es dir nicht einfach ausdenkst.«

»Es war der Sohn des Schmieds, Meister; und ich glaube, es war gut für ihn.«

»Geh!« dachte der alte Nokes. »Ich hätte mir denken können, daß du mich zum besten hast. Mach dich nicht lächerlich! Schmied war damals ein stiller, langsamer Junge. Man hört heute mehr von ihm: soweit ich weiß, ist er so eine Art Sänger; aber vorsichtig ist er. Er geht kein Risiko ein. Er kaut zweimal, bevor er schluckt, und das war bei ihm immer so, wenn du verstehst, was ich meine.«

»Das tue ich, Meister. Nun, wenn Ihr nicht glauben wollt, daß der Schmied es war, kann ich Euch nicht helfen. Vielleicht macht es jetzt auch nicht mehr viel. Erleichtert es Euren Sinn, wenn ich Euch sage, daß der Stern wieder in seinem Kasten ist? Hier ist er!«

Stift trug einen dunkelgrünen Umhang, der Nokes zum erstenmal auffiel. Aus dessen Falten holte er den schwarzen Kasten hervor, öffnete ihn und hielt ihn dem Koch unter die Nase. »Da unten in der Ecke ist der Stern.«

Der alte Nokes fing an zu husten und zu schnauben, doch dann schaute er in den Kasten. »Tatsächlich!« sagte er, »Zumindest sieht er so aus.«

»Es ist derselbe, Meister. Ich habe ihn selbst vor ein paar Tagen dorthin gelegt. Er wird diesen Winter in den Großen Kuchen gebacken.«

»Ach so!« sagte Nokes und schielte auf Stift; dann lachte er, daß es ihn schüttelte wie Wackelpeter. »Ich verstehe! Vierundzwanzig Kinder und vierundzwanzig Glücksbringer, und der Stern war einer zuviel. Du hast ihn also vor dem Backen herausgenommen und für ein anderes Mal aufgehoben. Du warst schon immer ein Schlitzohr; man könnte sagen: auf Draht. Und knauserig: kein Krümelchen Butter wurde verschwendet. Ha ha ha! So also war das. Ich hätte es mir denken können. Nun, das ist jetzt geklärt, und ich kann ruhig eine Mütze voll Schlaf nehmen.« Er machte es sich in seinem Sessel gemütlich. »Paß nur auf, daß dein Stift dir keine Streiche spielt! Die Listigen kennen auch nicht alle Schliche, heißt es.« Er schloß die Augen.

»Auf Wiedersehen, Meister!« sagte Stift und klappte den Kasten so laut zu, daß der Koch seine Augen wieder öffnete. »Nokes«, sagte er, »dein Wissen ist so groß, daß ich es nur zweimal für angebracht hielt, dir etwas zu sagen. Ich habe dir gesagt, daß der Stern aus Elbland kommt; und ich habe dir gesagt, daß der Schmied ihn bekam. Jetzt beim Abschied will ich dir noch etwas sagen. Lach nicht wieder! Du bist ein eitler alter Scharlatan, faul und hinterlistig. Ich habe den größten Teil deiner Arbeit getan. Ohne mir zu danken, hast du alles von mir gelernt, was du konntest – nur keine Achtung gegenüber Elbland, und keine Höflichkeit. Davon hast du nicht einmal genug, um mir guten Tag zu wünschen.«

»Wenn es um Höflichkeit geht«, sagte Nokes, »ich kann keine darin sehen, daß man ehrwürdige ältere Leute beschimpft. Steck dir dein Elbland und den restlichen Blödsinn an den Hut! Guten Tag, wenn du das hören willst. Und jetzt verschwinde!« Er winkte spöttisch mit der Hand. »Wenn einer von deinen Elb-Freunden in der Küche versteckt ist, schick ihn mir her, ich will ihn mir mal anschauen. Ich werde mehr von ihm halten, wenn er sein Zauberstöckchen schwingt und mich wieder schlank macht«, lachte er.

»Hättest du einen Augenblick Zeit für den König von Elbland?« fragte der andere. Zu Nokes Bestürzung wuchs er, während er das sagte. Er schlug seinen Umhang zurück. Darunter war er gekleidet wie ein Küchenmeister bei einem Fest, doch schimmerten und glänzten seine weißen Gewänder, und auf seiner Stirn war ein großer Edelstein wie ein strahlender Stern. Sein Gesicht war jung, doch streng.

»Alter«, sagte er, »du bist auf keinen Fall älter als ich. Und was die Ehrwürdigkeit betrifft: Oft hast du hinter meinem Rücken über mich gelacht. Trittst du mir jetzt offen entgegen?« Er trat vor, und Nokes schauderte ängstlich zurück. Er versuchte um Hilfe zu rufen, aber er merkte, daß er kaum flüstern konnte.

»Nein, Herr!« krächzte er. »Tut mir nichts! Ich bin nur ein armer alter Mann.«

Das Gesicht des Königs wurde milder. »Ach ja. Du sprichst wahr. Sei unbesorgt. Hab keine Furcht! Aber wünschest du nicht, daß der König von Elbland etwas für dich tut, bevor er von dir geht? Ich gewähre dir einen Wunsch. Lebewohl! Nun schlafe!«

Er legte seinen Umhang wieder um und ging in Richtung auf den Saal davon; doch bevor er außer Sichtweite war, hatten die vorstehenden Augen des alten Kochs sich geschlossen, und er schnarchte.

Als er wieder erwachte, stand die Sonne schon tief. Er rieb sich die Augen und zitterte etwas, denn die Herbstluft war kühl. »Ui, was für ein Traum!« sagte er. »Es muß das Schweinefleisch zum Mittagessen gewesen sein.«

Von jenem Tag an hatte er solche Furcht davor, mehr solche Träume zu haben, daß er kaum etwas zu essen wagte, weil er fürchtete, es könne ihm schlecht bekommen, und seine Mahlzeiten wurden sehr kurz und schlicht. Bald wurde er mager, und seine Kleider und seine Haut hingen in Falten an ihm herunter. Die Kinder riefen ihn den alten Haut-und-Knochen. Dann stellte er fest, daß er wieder durchs Dorf gehen konnte, nur auf einen Stock gestützt; und er wurde weit älter, als er sonst geworden wäre. Es wird erzählt, daß er genau hundert wurde – das einzig Denkwürdige, was ihm je gelang. Doch konnte man bis zu seinem letzten Jahr hören, wie er sagte: »Beängstigend, könnte man sagen; doch ein alberner Traum, wenn man darüber nachdenkt. Elblands König! Er hatte doch gar keinen Zauberstab, und wenn man nicht mehr ißt, wird man dünner. Das ist natürlich, ist doch ganz klar. Gar kein Wunder dabei.«

Wieder kam die Zeit für das Fest der Vierundzwanzig. Schmied war da, um einige Lieder zu singen, und seine Frau, um bei der Bewirtung der Kinder zu helfen. Schmied schaute sich alle an, wie sie tanzten und sangen, und er dachte, daß sie lebhafter und hübscher seien als in seiner Kindheit – einen Augenblick lang dachte er, was wohl Alf in seiner freien Zeit getan hatte. Jeder von ihnen schien dazu geschaffen, den Stern zu finden. Doch ruhten seine Augen meist auf Tim: ein eher pummeliger kleiner Junge, schwerfällig beim Tanz, doch mit einer anmutigen Singstimme. Bei Tisch saß er still und beobachtete, wie das Messer gewetzt und der Kuchen aufgeschnitten wurde. Plötzlich sagte er: »Lieber Herr Koch, schneidet mir bitte nur ein kleines Stück ab. Ich habe schon so viel gegessen und bin ganz satt.«

»Gut, Tim«, sagte Alf. »Ich werde dir ein besonderes Stück abschneiden. Ich denke, du wirst es leicht essen können.«

Der Schmied gab acht, wie Tim seinen Kuchen langsam und mit offenbarem Vergnügen aß; doch als er keine Münze und auch sonst nichts darin fand, schaute er enttäuscht drein. Doch bald begann in seinen Augen ein Licht zu leuchten, und er lachte und wurde fröhlich, und er sang still für sich. Dann stand er auf und tanzte allein mit einer seltsamen Anmut, die er zuvor nicht gehabt hatte. Alle Kinder lachten und klatschten.

›So ist alles gut‹, dachte der Schmied. ›Du bist also mein Nachfolger. Ich frage mich, an was für fremde Plätze der Stern dich führen wird. Armer alter Nokes. Doch denke ich, er wird nie erfahren, was für ein schrecklicher Vorfall sich in seiner Familie ereignet hat.‹

Er erfuhr es nie. Doch geschah bei dem Fest etwas, das ihm sehr gefiel. Bevor es vorbei war, verabschiedete der Meister Koch sich von den Kindern und allen Anwesenden.

»Ich sage nun Adieu«, sagte er. »In ein, zwei Tagen gehe ich fort. Meister Haffner ist so weit, daß er mein Amt übernehmen kann. Er ist ein sehr guter Koch, und ihr wißt, daß er aus eurem Dorf kommt. Ich gehe in meine Heimat zurück. Ich glaube nicht, daß ich euch fehlen werde.«

Die Kinder sagten fröhlich Adieu und dankten dem Koch freundlich für seinen schönen Kuchen. Nur der kleine Tim nahm seine Hand und sagte leise: »Schade.«

Im Dorf gab es jedoch einige Familien, denen Alf durchaus eine Zeitlang fehlte. Einige seiner Freunde, besonders der Schmied und Haffner, waren traurig über seinen Weggang, und sie achteten darauf, daß der Saal zu Alfs Gedenken vergoldet und bemalt blieb. Die meisten jedoch waren zufrieden. Sie hatten ihn sehr lange gehabt, und es tat ihnen nicht leid, jetzt einen anderen zu haben. Der alte Nokes stampfte mit seinem Stock auf und sagte geradeheraus: »Endlich ist er weg! Und ich jedenfalls bin froh. Er hat mir nie gefallen. Er war ein Schlitzohr. Man könnte sagen: zu sehr auf Draht.«

# Blatt von Tüftler

Es war einmal ein kleiner Mann, der hieß Tüftler. Er sollte eine lange Reise machen. Er wollte gar nicht fahren; die Sache war ihm ausgesprochen zuwider, aber er konnte sich ihr nicht entziehen. Obwohl er wußte, daß er irgendwann würde aufbrechen müssen, beeilte er sich nicht gerade mit seinen Vorbereitungen.

Tüftler war Maler. Kein sehr erfolgreicher, was teilweise daran lag, daß er viele andere Dinge zu tun hatte. Die meisten dieser Dinge fand er sehr lästig; aber er erledigte sie einigermaßen gut, wenn es nicht anders ging (was seiner Ansicht nach viel zu oft der Fall war). Die Gesetze in seinem Lande waren sehr streng. Und es gab auch noch andere Abhaltungen. Zum einen war er manchmal einfach träge und tat überhaupt nichts. Zum anderen war er gewissermaßen gutherzig. Sicher kennen Sie diese Art von Gutherzigkeit: oft genug machte sie ihn einfach unglücklich, und weniger oft brachte sie ihn dazu, etwas zu tun; und selbst wenn er etwas tat, hinderte ihn das nicht zu murren, die Geduld zu verlieren und zu fluchen (meist still für sich). Immerhin halste er sich eine ganze Menge Gefälligkeiten damit auf, die er seinem Nachbarn, Herrn Paris, erweisen mußte, einem Mann mit einem lahmen Bein. Gelegentlich half er sogar anderen Leuten aus, die weiter weg wohnten, wenn sie kamen und darum baten. Hin und wieder fiel ihm dann auch seine Reise ein, und lustlos begann er ein paar Sachen einzupacken; zu solchen Zeiten malte er nicht sehr viel.

Er hatte eine Reihe Bilder in Arbeit; die meisten waren

zu groß und anspruchsvoll für seine Begabung. Er gehörte zu den Malern, die Blätter besser malen als Bäume. Er pflegte viel Zeit auf ein einziges Blatt zu verwenden und zu versuchen, seine Form, seinen Glanz und das Glitzern der Tautropfen an seinen Rändern einzufangen. Und doch wollte er einen ganzen Baum malen, alle Blätter sollten im selben Stil und doch jedes verschieden sein.

Insbesondere ein Bild machte ihm Kummer. Es hatte angefangen mit einem Blatt, das im Winde wehte, und es wurde ein Baum; und der Baum wuchs, er streckte unzählige Äste aus und bekam ganz phantastische Wurzeln. Seltsame Vögel kamen angeflogen und setzten sich auf seine Zweige und mußten auch betreut werden. Dann begann überall um den Baum herum und hinter ihm und in den Lücken zwischen den Blättern und dem Geäst eine Landschaft sich auszubreiten; undeutlich sah man einen Wald, der sich über das Land hinzog, und Berge mit schneebedeckten Gipfeln. Tüftler verlor das Interesse an seinen anderen Bildern; oder er nahm sie und befestigte sie an den Rändern seines großen Bildes. Bald wurde die Leinwand so riesig, daß er eine Leiter brauchte; und er kletterte hinauf und hinunter, tupfte hier einen Pinselstrich hin und rieb dort ein Fleckchen wieder weg. Wenn Leute zu Besuch kamen, schien er recht höflich, wenngleich er ein bißchen mit den Bleistiften auf seinem Schreibtisch herumspielte. Er hörte sich an, was sie sagten, aber insgeheim dachte er die ganze Zeit nur an sein großes Bild in dem hohen Schuppen, der draußen in seinem Garten eigens dafür gebaut worden war (auf einem Stück, wo er früher Kartoffeln gezogen hatte).

Er konnte seine Gutherzigkeit nicht ablegen. ›Ich wollte, ich wäre aus härterem Holz‹, dachte er manchmal bei sich und meinte damit, er wünsche, daß anderer Leute

Kummer ihn nicht unglücklich mache. Aber lange Zeit wurde er nicht ernstlich gestört. »Jedenfalls werde ich dieses eine Bild noch fertigbekommen, mein ureigenes Bild, ehe ich auf diese abscheuliche Reise gehen muß«, pflegte er zu sagen. Und doch sah er allmählich ein, daß er die Abfahrt nicht unbegrenzt verschieben konnte. Das Bild mußte aufhören zu wachsen und fertig werden.

Eines Tages stand Tüftler in einiger Entfernung von seinem Bild und betrachtete es ungewöhnlich aufmerksam und unparteiisch. Er konnte sich nicht schlüssig werden, wie er es eigentlich fand, und er wünschte, er hätte einen Freund, der ihm sagen würde, was er davon halten sollte. Tatsächlich schien es ihm völlig unbefriedigend zu sein, und doch wiederum sehr reizvoll, das einzige wirklich schöne Bild auf dieser Welt. In dem Augenblick hätte er den Freund gern hereinkommen und ihm auf die Schulter klopfen sehen, der dann (offenbar ganz aufrichtig) sagen würde: »Absolut großartig! Ich sehe genau, worauf Sie hinaus wollen. Machen Sie nur weiter und kümmern Sie sich um sonst gar nichts! Wir werden dafür sorgen, daß Sie eine Staatspension bekommen, damit Sie nicht Not leiden.«

Indes war es nichts mit der Staatspension. Und eins sah er ganz deutlich: Konzentration würde nötig sein, etwas *Arbeit*, harte, ununterbrochene Arbeit, um das Bild zu vollenden, selbst wenn es nicht größer würde als jetzt. Er krempelte die Ärmel auf und begann sich zu konzentrieren. Mehrere Tage versuchte er, sich nicht um andere Dinge zu kümmern. Aber dann gab es einen ganzen Wust von Störungen. In seinem Haus ging alles schief; er mußte in die Stadt fahren und als Geschworener an einer Gerichtssitzung teilnehmen; ein entfernter Freund wurde krank; Herr Paris lag an Hexenschuß darnieder; und immerzu kamen Gäste. Es war Frühling, und sie wollten irgendwo auf dem Lande umsonst Tee trinken. Tüftler wohnte in einem hübschen kleinen Haus, meilenweit von der Stadt. Im stillen verfluchte er die Besucher, aber er konnte nicht leugnen, daß er sie selbst eingeladen hatte, schon vor langer Zeit, im Winter, als er es noch nicht als »Störung« empfunden hatte, einen Schaufensterbummel in der Stadt zu machen und mit Bekannten Tee zu trinken. Er versuchte, hartherziger zu werden; aber das mißlang. Es gab viele Dinge, bei denen er es nicht über sich brachte, nein zu sagen, ob er sie nun als eine Pflicht ansah oder nicht; und einiges mußte er einfach tun, was immer er auch darüber dachte. Manche seiner Gäste machten Andeutungen, sein Garten sei ziemlich vernachlässigt und er könne vielleicht Besuch von einem Inspektor bekommen. Natürlich wußten sehr wenige von ihnen über sein Bild Bescheid; aber auch wenn sie es gewußt hätten, wäre es nicht viel anders gewesen. Ich zweifle, ob sie es für sehr wichtig gehalten hätten. Vermutlich war es wirklich kein sehr gutes Bild, obwohl es einige gelungene Stellen gehabt haben mag. Der Baum jedenfalls war kurios. Ganz einzigartig auf seine Weise. Und Tüftler ebenso, auch wenn er ein ganz gewöhnlicher und ziemlich alberner kleiner Mann war.

Schließlich wurde Tüftlers Zeit wirklich kostbar. Seine Bekannten in der fernen Stadt erinnerten sich, daß der kleine Mann eine ärgerliche Reise unternehmen mußte, und manche begannen zu spekulieren, wie lange er sie wohl bestenfalls würde hinauszögern können. Sie fragten sich, wer wohl sein Haus übernehmen und ob der Garten dann besser gepflegt sein würde.

Es wurde Herbst und sehr regnerisch und windig. Der kleine Maler war in seinem Schuppen. Er stand auf der Leiter und versuchte, den Schein der untergehenden Sonne auf dem schneeigen Gipfel eines Berges zu erhaschen, der just links von der blättrigen Spitze eines der Äste seines Baumes hindurchschimmerte. Er wußte, bald würde er abreisen müssen: vielleicht kurz nach Neujahr. Er könnte das Bild wohl gerade noch fertigbekommen, aber dann nur soso lala: an manchen Stellen würde er nur eben noch andeuten können, was er eigentlich meinte.

Es klopfte. »Herein!« rief er scharf und kletterte die Leiter herab. Unten blieb er stehen und zwirbelte seinen Pinsel. Sein Nachbar war es, Paris: sein einziger richtiger Nachbar, alle anderen wohnten ein gutes Stück Wegs weiter. Gleichwohl mochte er den Mann nicht sehr: teilweise, weil er so oft in Schwierigkeiten geriet und Hilfe brauchte; und dann auch deshalb, weil er nichts fürs Malen übrig hatte, aber sehr kritisch beim Gärtnern war. Wenn Paris Tüftlers Garten betrachtete (was oft geschah), sah er hauptsächlich Unkraut; und wenn er Tüftlers Bilder betrachtete (was selten geschah), sah er nur grüne und graue Flecken und schwarze Linien, die ihm sinnlos vorkamen. Er scheute sich nicht, das Unkraut zu erwähnen (eine Nachbarspflicht), aber er enthielt sich jeder Meinungsäußerung über die Bilder. Er fand, das war sehr freundlich, und erkannte nicht, daß es, selbst wenn es freundlich war, nicht freundlich genug war. Beim Unkrautjäten helfen (und vielleicht die Bilder loben) wäre besser gewesen.

»Nun, Paris, was gibt's?« fragte Tüftler.

»Ich weiß, ich sollte Sie eigentlich nicht stören«, sagte Paris (ohne einen Blick auf das Bild). »Sie haben sicher viel zu tun.«

Tüftler hatte selbst etwas derartiges sagen wollen, aber die Gelegenheit war verpaßt. So antwortete er nur: »Ja.«

»Aber ich habe niemanden, an den ich mich sonst wenden könnte«, fuhr Paris fort.

»Genau«, seufzte Tüftler: es war einer jener Seufzer, die eigentlich ein stummes Selbstgespräch sind, aber doch nicht ganz unhörbar. »Was kann ich für Sie tun?«

»Meine Frau ist schon ein paar Tage krank, und ich fange an, mir Sorgen zu machen. Und der Wind hat mir das halbe Dach abgetragen, und im Schlafzimmer regnet es durch. Ich glaube, ich sollte den Arzt holen. Und den Dachdecker auch, aber der braucht so lange, bis er kommt. Ich frage mich, ob Sie wohl etwas Holz und Leinwand übrig hätten, um mir auszuhelfen, damit ich über die nächsten paar Tage hinwegkomme.« Jetzt schaute er doch auf das Bild.

»Du liebe Güte«, meinte Tüftler, »Sie sind aber wirklich vom Pech verfolgt. Ich hoffe, es ist nur eine Erkältung, die Ihre Frau hat. Ich komme sofort rüber und helfe Ihnen, die Patientin nach unten zu bringen.«

»Danke vielmals«, sagte Paris ziemlich kühl. »Aber sie hat keine Erkältung, sondern Fieber. Wegen eines Schnupfens hätte ich Sie nicht behelligt. Und meine Frau liegt schon unten im Bett. Ich kann doch nicht dauernd mit dem Tablett rauf und runter rennen, nicht mit meinem Bein. Aber wie ich sehe, haben Sie zu tun. Entschuldigen Sie, daß ich Sie gestört habe. Ich hatte eigentlich gehofft, Sie würden sich die Zeit nehmen können, den Arzt zu holen, wenn Sie sehen, in welcher Lage ich bin; und den Dachdecker auch, wenn Sie wirklich keine Leinwand übrig haben.«

»Natürlich«, sagte Tüftler; obwohl er andere Wörter auf dem Herzen hatte, das im Augenblick bloß weich war und kein bißchen gütig. »Ich könnte hinfahren. Ich werde hinfahren, wenn Sie sich wirklich Sorgen machen.«

»Ich bin besorgt, sehr besorgt. Ich wollte, ich wäre nicht lahm«, sagte Paris.

Also machte Tüftler sich auf den Weg. Es war schon sehr mißlich. Paris war sein Nachbar, und sonst gab es weit und breit keine Seele. Tüftler hatte ein Fahrrad, Paris hatte keins und konnte überdies nicht radeln. Und Paris hatte ein lahmes Bein, ein wahrhaft lahmes Bein, das ihm viel Schmerzen bereitete: das mußte man bedenken, und auch seine saure Miene und seine weinerliche Stimme. Natürlich, Tüftler hatte ein Bild und kaum Zeit, es fertigzumachen. Aber offenbar war das etwas, das Paris in Betracht zu ziehen hatte und nicht Tüftler. Paris zog indes Bilder nicht in Betracht; und Tüftler konnte es nicht ändern. »Verflixt nochmal!« sagte er bei sich, als er sein Rad herausholte.

Es war naß und windig, und die Dämmerung brach herein. »Heute wird's nichts mehr mit der Arbeit«, dachte Tüftler, und auf dem ganzen Weg fluchte er entweder vor sich hin oder malte sich seine Pinselstriche auf dem Berg aus und auf dem Zweig mit Blättern daneben, den er sich schon im Frühjahr ausgedacht hatte. Die Finger zuckten ihm auf der Lenkstange. Jetzt, da er nicht im Schuppen war, sah er es ganz genau vor sich, wie der schimmernde Zweig, der den fernen Blick auf den Berg einrahmte, ausgeführt werden müßte. Aber ihm wurde das Herz schwer, es war, als ob ihn die Angst bedrückte, daß er niemals mehr Gelegenheit haben würde, sich an seinem Bild zu versuchen.

Tüftler fand den Arzt zu Hause und hinterließ beim Dachdecker einen Zettel. Das Büro war geschlossen, also war der Dachdecker wohl heimgekehrt zum häuslichen Herd. Tüftler wurde naß bis auf die Haut und holte sich einen Schnupfen. Der Arzt machte sich nicht ebenso schnell auf den Weg wie Tüftler. Er kam erst am nächsten Tag, was recht bequem für ihn war, denn nun hatte er zwei

Patienten in zwei benachbarten Häusern. Tüftler lag mit hohem Fieber im Bett, und wundervolle Muster von Blättern und den dazugehörigen Zweigen bildeten sich in seinem Kopf und an der Decke. Es tröstete ihn nicht, als er hörte, daß Frau Paris nur eine Erkältung gehabt hatte und wieder aufstehen konnte. Er drehte sich zur Wand und begrub sich unter Blättern.

Einige Zeit blieb er im Bett. Der Wind wütete immer noch. Er trug weitere Ziegel von Paris' Dach ab, und auch ein paar von Tüftlers: jetzt regnete es auch bei ihm durch. Der Dachdecker kam nicht. Tüftler machte sich nichts draus; ein oder zwei Tage lang. Dann krabbelte er aus dem Bett, um sich etwas zu essen zu holen (Tüftler hatte keine Frau). Paris kam nicht herüber: sein Bein war wetterfühlig und tat weh; und seine Frau war vollauf damit beschäftigt, Wasser aufzuwischen, und fragte sich, ob »dieser Herr Tüftler« eigentlich vergessen hatte, den Dachdecker zu bestellen. Hätte sie eine Möglichkeit gesehen, sich etwas Nützliches zu borgen, dann hätte sie Paris hinübergeschickt, Bein hin, Bein her, aber da ihr nichts einfiel, blieb Tüftler sich selbst überlassen.

Nach einer Woche wankte er zum erstenmal wieder zu seinem Schuppen. Er versuchte, auf die Leiter zu klettern, aber ihm wurde schwindlig. Er setzte sich hin und betrachtete das Bild, doch stand ihm an jenem Tag der Sinn nicht nach Blättern und Aussichten auf Berge. Den Blick auf eine weit entfernte Sandwüste hätte er malen können, wenn er sich dazu hätte aufraffen können.

Am nächsten Tag fühlte er sich erheblich besser. Er stieg auf die Leiter und begann zu malen. Gerade war er wieder so richtig in Schwung gekommen, da klopfte es.

»Verdammt!« sagte Tüftler. Genausogut hätte er höflich »Herein!« sagen können, denn die Tür öffnete sich gleichwohl. Diesmal kam ein sehr großer Mann herein, der Tüftler absolut unbekannt war.

»Das ist hier ein privates Atelier«, sagte Tüftler. »Ich habe zu tun. Gehen Sie bitte!«

»Ich bin Inspektor für Häuser«, erklärte der Mann und hielt einen Dienstausweis hoch, so daß Tüftler auf seiner Leiter ihn sehen konnte.

»Oh«, sagte er.

»Das Haus Ihres Nachbarn ist gar nicht in Ordnung«, erklärte der Inspektor.

»Ich weiß«, antwortete Tüftler. »Ich habe den Dachdecker schon vor längerer Zeit verständigt, aber er ist einfach nicht gekommen. Dann war ich krank.«

»Aha«, sagte der Inspektor. »Jetzt sind Sie aber nicht krank.«

»Aber ich bin kein Dachdecker. Paris müßte sich beim Stadtrat beschweren und die Technische Nothilfe anfordern.«

»Die ist bei schlimmeren Schäden als hier oben eingesetzt«, erwiderte der Inspektor. »Unten im Tal hat es eine Überschwemmung gegeben, und viele Familien sind obdachlos. Sie hätten Ihrem Nachbarn helfen sollen, den Schaden wenigstens provisorisch auszubessern, damit die Reparatur nicht unnötig teuer wird. So will es das Gesetz. Hier ist haufenweise Material: Leinwand, Holz, Ölfarbe.«

»Wo?« fragte Tüftler entrüstet.

»Da!« Der Inspektor wies auf das Bild.

»Mein Bild!« rief Tüftler aus.

»Schon recht. Aber Häuser haben Vorrang. So will es das Gesetz.«

»Aber ich kann doch nicht ...« Weiter kam Tüftler nicht, denn in diesem Augenblick erschien noch ein Mann.

Ganz ähnlich wie der Inspektor sah er aus, fast sein Doppelgänger: groß und schwarz gekleidet.

»Kommen Sie«, sagte er. »Ich bin der Fahrer.«

Tüftler stolperte die Leiter hinunter. Er schien wieder Fieber zu haben, und alles schwamm ihm vor den Augen; ihm war kalt von Kopf bis Fuß.

»Fahrer? Fahrer?« stieß er zähneklappernd hervor. »Was fahren Sie denn?«

»Sie und Ihren Wagen«, erklärte der Mann. »Der Wagen war schon lange bestellt. Jetzt ist er endlich gekommen. Morgen beginnt nämlich Ihre Reise.«

»Da haben wir's«, sagte der Inspektor. »Sie werden fahren müssen. Aber es ist schlecht, daß Sie auf Ihre Reise gehen und ungetane Arbeit zurücklassen. Immerhin können wir jetzt wenigstens etwas mit der Leinwand anfangen.«

»Ach du lieber Himmel!« sagte der arme Tüftler und begann zu weinen. »Und das Bild ist noch nicht einmal fertig!«

»Nicht fertig?« warf der Fahrer ein. »Na, was Sie betrifft, Sie jedenfalls sind damit fertig. Kommen Sie!«

Tüftler ging mit, ganz still. Der Fahrer ließ ihm keine Zeit zum Packen und sagte, das hätte er früher machen müssen und sie würden den Zug verpassen; so konnte sich Tüftler nur eine kleine Tasche in der Diele schnappen. Er stellte dann fest, daß nichts drin war als ein Malkasten und ein Skizzenblock: weder etwas zu essen noch Kleidung. Den Zug erreichten sie zur Zeit. Tüftler war ganz erschöpft und schläfrig; er merkte kaum, was vor sich ging, als sie ihn in sein Abteil stopften. Ihm war es einerlei: er hatte vergessen, wohin er eigentlich sollte oder weshalb. Der Zug fuhr fast sofort in einen dunklen Tunnel.

Tüftler erwachte auf einem großen, düsteren Bahnhof.

Ein Schaffner ging den Bahnsteig entlang und rief, aber nicht den Namen der Station rief er aus. Er rief: *Tüftler!*

Tüftler stieg eilig aus und merkte dann, daß er seine kleine Tasche vergessen hatte. Er drehte sich um, aber der Zug war schon abgefahren.

»Ah, da sind Sie ja!« sagte der Schaffner. »Hier lang. Was? Kein Gepäck? Da werden Sie ins Armenhaus gehen müssen.«

Tüftler fühlte sich mit einemmal sehr schlecht und wurde auf dem Bahnsteig ohnmächtig. Sie legten ihn in eine Ambulanz und brachten ihn zur Krankenstation des Armenhauses.

Die Behandlung gefiel ihm überhaupt nicht. Die Medizin, die sie ihm gaben, war bitter. Die Beamten und Krankenwärter waren unfreundlich, schweigsam und streng; und niemals sah er irgend jemanden außer einem sehr grimmigen Arzt, der gelegentlich Visite machte. Eigentlich war es eher, als ob er im Gefängnis und nicht im Krankenhaus wäre. Zu bestimmten Stunden mußte er schwer arbeiten: graben, schreinern und kahle Bretter alle in einer Farbe anstreichen. Niemals durfte er nach draußen, und die Fenster waren alle von innen verriegelt. Stundenlang hintereinander ließen sie ihn im Dunkeln, »um ein bißchen nachzudenken«, sagten sie. Er verlor jedes Zeitgefühl. Es ging ihm nicht einmal allmählich besser, jedenfalls nicht, wenn es sich danach beurteilen läßt, ob ihm irgend etwas, das er tat, Spaß machte. Nichts machte ihm Spaß, nicht einmal ins Bett zu gehen.

Zu Anfang, während der ersten hundert Jahre (ich gebe nur seine Eindrücke wieder), pflegte er sich sinnlos Gedanken über die Vergangenheit zu machen. Etwas wiederholte er ständig, wenn er im Dunkeln lag: »Ich wollte, ich hätte mich bei Paris gemeldet an jenem ersten Morgen, nachdem der Sturm gekommen war. Ich hatte es eigentlich vorgehabt. Die ersten losen Ziegel hätte man leicht wieder befestigen können. Dann hätte sich Frau Paris nicht erkältet. Dann hätte auch ich mich nicht erkältet. Dann hätte ich eine Woche mehr gehabt.« Aber mit der Zeit vergaß er, wozu er überhaupt eine Woche länger hatte haben wollen. Seitdem machte er sich, wenn überhaupt, nur noch Gedanken über seine Arbeit im Krankenhaus. Er plante sie genau und dachte darüber nach, wie schnell er es wohl schaffen könnte, daß das Brett nicht mehr knarrt, wie er die Tür einhängen oder das Tischbein reparieren könnte. Wahrscheinlich wurde er wirklich nützlich, obwohl niemand ihm das jemals sagte. Aber das kann natürlich nicht der Grund gewesen sein, warum sie den armen kleinen Mann so lange dort behielten. Vielleicht haben sie darauf gewartet, daß es ihm besser gehe, und haben das »besser« nach irgendwelchen seltsamen medizinischen Maßstäben eigener Prägung beurteilt.

Jedenfalls hatte der arme Tüftler keinen Spaß am Leben, nicht das, was er Spaß zu nennen pflegte. Er fand es bestimmt nicht amüsant. Aber es ließ sich nicht leugnen, daß er ein Gefühl von – nun ja, Befriedigung empfand: eher Schwarzbrot als Kuchen. Er konnte eine Aufgabe in Angriff nehmen, sobald eine Glocke läutete, und sie prompt beiseite legen, wenn die nächste Aufgabe kam, alles ordentlich und bereit, um zur rechten Zeit fortgesetzt zu werden. Er schaffte jetzt eine ganze Menge an einem Tag; Kleinigkeiten erledigte er sehr säuberlich. Er hatte keine »Zeit für sich« (außer, wenn er allein in seiner Schlafzelle lag), und doch wurde er Herr seiner Zeit; allmählich wußte er, was er mit ihr anfangen konnte. Er hatte nicht das Gefühl von Hetze. Innerlich war er jetzt ruhiger, und zur Ruhezeit konnte er wirklich ruhen.

Dann änderten sie plötzlich seinen ganzen Zeitplan; sie ließen ihn überhaupt kaum ins Bett gehen; sie nahmen ihn von der Schreinerei weg und beschäftigten ihn nur noch mit Graben, Tag für Tag. Er ertrug es einigermaßen gut. Es dauerte eine ganze Weile, bis er auch nur begann, sich das Hirn zu zermartern wegen der Flüche, die er praktisch vergessen hatte. Er grub weiter, bis ihm der Rücken schier brach und seine Hände wund waren und er das Gefühl hatte, daß er keinen einzigen Spatenvoll mehr heben könne. Niemand dankte ihm. Aber der Arzt kam und sah ihn sich an.

»Aufhören!« sagte er. »Völlige Ruhe – im Dunkeln.«

Tüftler lag im Dunkeln und ruhte völlig; so völlig, daß er, da er überhaupt nichts fühlte oder dachte, nicht hätte sagen können, ob er Stunden oder Jahre dort gelegen hatte. Aber jetzt hörte er STIMMEN: keine Stimmen, die er jemals gehört hatte. Vielleicht war eine Sanitätskommission gekommen, oder ein Untersuchungsausschuß tagte ganz in der Nähe, möglicherweise im Nebenzimmer, und die Tür war offen, obwohl er kein Licht sehen konnte.

»Nun dieser Fall Tüftler«, sagte eine STIMME, eine strenge Stimme, strenger als die des Arztes.

»Was war denn mit ihm los?« fragte eine ZWEITE STIMME, eine Stimme, die man hätte sanft nennen können, wenngleich sie nicht weich war – es war eine gebieterische Stimme, und sie klang zugleich hoffnungsvoll und traurig. »Was war mit Tüftler los? Sein Herz hatte er doch auf dem rechten Fleck.«

»Ja, aber es funktionierte nicht richtig«, sagte die ERSTE STIMME. »Und viel Grips im Kopf hat er auch nicht gehabt: nachgedacht hat er überhaupt kaum. Schauen Sie nur, wieviel Zeit er verschwendet hat, und dabei hat er sich nicht einmal amüsiert! Auf die Reise hat er sich überhaupt nicht richtig vorbereitet. Er war einigermaßen wohlhabend, und doch kam er hier fast mittellos an und mußte im Armeleuteflügel untergebracht werden. Ein schlimmer Fall, fürchte ich. Mir scheint, er sollte noch eine Weile hierbleiben.

»Vielleicht würde es ihm nichts schaden«, meinte die ZWEITE STIMME. »Aber natürlich ist er nur ein kleiner Mann. Er war nie dazu ausersehen, sehr viel zu werden, und er war nicht sehr kräftig. Sehen wir uns doch einmal die Akte an. Ja, da sind doch ein paar günstige Punkte.«

»Mag sein«, gab die ERSTE STIMME zu, »aber sehr wenige, die einer Prüfung wirklich standhalten.«

»Nun«, sagte die ZWEITE STIMME, »einige zählen immerhin. Er war der geborene Maler. Keiner von den ganz großen natürlich; und doch hat ein BLATT VON TÜFTLER seinen eigenen Reiz. Er hat sich unerhört viel Mühe mit Blättern gegeben, just um ihrer selbst willen. Er hat niemals geglaubt, das würde ihn bedeutend machen. In der Akte ist nichts vermerkt, daß er jemals – und sei es nur sich selbst gegenüber – so getan hätte, als sei das eine Entschuldigung, wenn er die vom Gesetz vorgeschriebenen Dinge vernachlässigte.«

»Dann hätte er nicht so viele vernachlässigen sollen«, fand die ERSTE STIMME.

»Immerhin hat er einer ganzen Menge Bitten entsprochen.«

»Einem winzigen Bruchteil, meist solchen, die leicht zu erfüllen waren, und er nannte sie ›Störungen‹. In der Akte wimmelt es nur so von diesem Wort, und von allen möglichen Klagen und albernen Verwünschungen.«

»Richtig; aber natürlich empfand er sie auch als Störungen, der arme kleine Mann. Und noch etwas kommt hinzu: er erwartete niemals eine Gegenleistung, wie so viele seines Schlages das nennen. Dann der Fall Paris, der Mann, der nach ihm kam. Paris war Tüftlers Nachbar, rührte keinen Finger für ihn und bezeigte selten überhaupt Dankbarkeit. Aber in der Akte ist nichts vermerkt, daß Tüftler von Paris Dankbarkeit erwartete. Der Gedanke scheint ihm gar nicht gekommen zu sein.«

»Ja, das ist ein Gesichtspunkt«, sagte die ERSTE STIMME, »aber kein sehr wichtiger. Ich nehme an, Tüftler wird es schlichtweg vergessen haben. Was er für Paris tun mußte, empfand er als lästig und schob es einfach von sich.«

»Schließlich ist da noch der letzte Bericht«, gab die ZWEITE STIMME zu bedenken, »über die Radfahrt im Regen. Dem messe ich eigentlich ziemlich viel Bedeutung bei. Das war eindeutig ein echtes Opfer: Tüftler ahnte, daß er seine letzte Chance für sein Bild aufs Spiel setzte, und er ahnte auch, daß sich Paris unnötig Sorgen machte.«

»Ich glaube, Sie legen zuviel Gewicht darauf«, sagte die ERSTE STIMME. »Aber Sie haben das letzte Wort. Es ist natürlich Ihre Aufgabe, die Tatsachen möglichst günstig auszulegen. Manchmal halten sie stand. Was schlagen Sie vor?«

»Ich möchte meinen, der Fall ist jetzt für eine etwas freundliche Behandlung reif«, sagte die ZWEITE STIMME.

Tüftler glaubte, noch niemals etwas so Großzügiges wie diese Stimme gehört zu haben. Wenn sie FREUNDLICHE BEHANDLUNG sagte, dann klang das wie ein voller Gabentisch oder eine Einladung zum Fest des Königs. Dann fühlte sich Tüftler plötzlich beschämt. Daß er als ein Fall für freundliche Behandlung angesehen wurde, überwältigte ihn und ließ ihn im Dunkeln erröten. Es war, wie wenn man öffentlich gelobt wird, während man selbst weiß und alle Zuhörer wissen, daß das Lob unverdient ist. Tüftler versteckte seine Schamröte unter der kratzigen Bettdecke.

Es trat Schweigen ein. Dann sprach die ERSTE STIMME zu Tüftler, ganz nah. »Sie haben gelauscht.«

»Ja«, antwortete Tüftler.

»Nun, was haben Sie zu sagen?«

»Könnten Sie mir etwas von Paris berichten? Ich würde ihn so gern wiedersehen. Ich hoffe, er ist nicht sehr krank? Können Sie sein Bein heilen? Es hat ihm immer so viel Beschwerden gemacht. Und bitte sorgen Sie sich nicht um ihn und mich. Er war ein sehr guter Nachbar und hat mir immer ausgezeichnete Kartoffeln ganz billig abgegeben, wodurch ich eine Menge Zeit sparte.«

»So, hat er das?« fragte die ERSTE STIMME. »Das höre ich gern.«

Dann trat wieder Schweigen ein. Die STIMMEN schienen sich zu entfernen. »Gut, ich bin einverstanden«, hörte Tüftler die ERSTE STIMME von weit her sagen. »Lassen Sie ihn die nächste Stufe beginnen. Morgen, wenn Sie wollen.«

Als Tüftler aufwachte, war seine Jalousie hochgezogen, und seine kleine Zelle war voll Sonnenschein. Er stand auf und fand, daß ein bequemer Anzug für ihn hingelegt worden war, keine Anstaltskleidung. Nach dem Frühstück behandelte der Arzt seine wunden Hände und strich Salbe drauf, die sie sofort heilte. Er gab Tüftler ein paar gute Ratschläge und ein Stärkungsmittel (falls er es brauchte). Mitten am Vormittag gaben sie Tüftler einen Keks und ein Glas Wein; und dann gaben sie ihm eine Fahrkarte.

»Sie können jetzt zum Bahnhof gehen«, sagte der Arzt.

»Der Schaffner wird sich um Sie kümmern. Auf Wiedersehen.«

Tüftler schlüpfte durch das große Tor und blinzelte ein bißchen. Die Sonne war sehr hell. Auch hatte er erwartet, er würde, wenn er herauskäme, gleich in einer großen Stadt sein, die den Ausmaßen des Bahnhofs entspräche; aber dem war nicht so. Er stand auf der Höhe eines grünen, kahlen Hügels, über den ein frischer, belebender Wind strich. Weit und breit war nirgends eine Menschenseele. Unten am Fuß des Hügels konnte er das Dach des Stationsgebäudes schimmern sehen.

Forsch, aber ohne Hast, ging er hinunter zum Bahnhof. Der Schaffner erspähte ihn sofort.

»Hier lang!« sagte er und führte Tüftler zu einem abseits liegenden Kopfbahnsteig, wo ein sehr lustiger kleiner Lokalzug stand: ein Wagen und eine kleine Lokomotive, beide blitzblank und frisch gestrichen. Es sah aus, als ob es ihre erste Fahrt wäre. Selbst das Gleis vor der Lokomotive sah neu aus: die Schienen glänzten, die Schienenstühle waren grün gestrichen, und die Schwellen rochen in der warmen Sonne köstlich nach frischem Teer. Der Wagen war leer.

»Wohin fährt der Zug, Schaffner?« fragte Tüftler.

»Den Namen haben sie wohl noch nicht bestimmt«, sagte der Schaffner. »Aber Sie werden es schon finden.« Er schloß die Tür.

Der Zug fuhr sofort ab. Tüftler lehnte sich auf seinem Sitz zurück. Die Lokomotive dampfte in einem Durchstich zwischen hohen grünen Böschungen unter einem blauen Himmel dahin. Es dauerte nicht lange, da pfiff sie, die Bremsen wurden angezogen, und der Zug stand. Es war keine Station und auch kein Bahnhofsschild zu sehen, nur ein paar Stufen führten die grüne Böschung hinauf zu einem Pförtchen in einer gestutzten Hecke. Neben dem Pförtchen stand sein Fahrrad; wenigstens sah es wie seines aus, und an der Lenkstange war ein gelber Zettel befestigt, darauf stand in großen schwarzen Buchstaben: TÜFTLER.

Tüftler stieß das Pförtchen auf, sprang aufs Fahrrad und flitzte im Frühlingssonnenschein bergab. Bald merkte er, daß der Weg, auf dem er losgefahren war, verschwunden war, und jetzt rollte das Rad über einen wundervollen Rasen. Er war grün und dicht; und dennoch konnte Tüftler jeden Halm genau erkennen. Er glaubte sich zu erinnern, daß er diese Grasfläche irgendwann einmal gesehen oder von ihr geträumt hatte. Die Landschaft war ihm seltsam vertraut. Ja, nun wurde das Gelände eben, wie es auch sollte, und jetzt begann es natürlich wieder zu steigen. Ein großer grüner Schatten trat zwischen ihn und die Sonne. Tüftler schaute auf und fiel vom Rad.

Vor ihm stand der Baum, sein BAUM, fertig. Wenn man das von einem lebenden Baum sagen kann, dessen Blätter sich entrollen, dessen Äste wachsen und sich im Wind biegen, was Tüftler so oft gespürt oder geahnt und so oft nicht hatte einfangen können. Er starrte auf den BAUM, hob langsam die Arme und breitete sie weit aus.

»Es ist eine Gabe!« sagte er. Damit meinte er seine Kunst und auch das Ergebnis; aber er gebrauchte das Wort ganz buchstäblich.

Noch immer betrachtete er den Baum. Alle Blätter, mit denen er sich abgemüht hatte, waren da, und eher so, wie er sie sich vorgestellt, als wie er sie gemalt hatte; und da waren noch andere, die nur in seinem Geist gesprossen waren, und viele, die hätten sprießen können, wenn er nur Zeit gehabt hätte. Nichts stand auf ihnen geschrieben, sie waren nichts als vortreffliche Blätter, und doch waren sie so eindeutig datiert wie ein Kalender. Bei einigen der schönsten (und zwar den charakteristischsten, den vollendetsten Beispielen des Tüftler-Stils) sah man, daß sie in Zusammenarbeit mit Herrn Paris entstanden waren; anders konnte man es nicht ausdrücken.

Vögel nisteten in dem BAUM. Erstaunliche Vögel: wie sie sangen! Sie paarten sich, brüteten, ihre Flügel wuchsen, und singend flogen sie in den WALD, während er ihnen noch zuschaute. Denn jetzt sah er, daß auch der Wald da war, der sich auf beiden Seiten hinzog und sich in der Ferne verlief. Die BERGE schimmerten von weit her.

Nach einer Weile wandte sich Tüftler zum WALD. Nicht, weil er des BAUMES überdrüssig gewesen wäre, aber er hatte ihn seinem Geist jetzt ganz klar eingeprägt, er war sich seiner bewußt und seines Wuchses, selbst wenn er ihn nicht anschaute. Als er weiterwanderte, entdeckte er etwas Seltsames: der WALD war natürlich ein ferner Wald, und doch konnte er auf ihn zugehen, ja, er konnte sogar in ihn hineingehen, ohne daß er diesen besonderen Zauber verlor. Niemals zuvor hatte Tüftler in die Ferne wandern können, ohne sie in bloße Umgebung zu verwandeln. Dieser Zauber machte es beträchtlich reizvoller, das Land zu durchwandern; denn während man wanderte, erschlossen sich neue Fernen; so daß man doppelte, dreifache und vierfache Fernen hatte, doppelte, dreifache und vierfache Verzauberung. Man konnte weiter und weiter gehen und hatte ein ganzes Land in einem Garten, oder in einem Bild (wenn man es lieber so nennen wollte). Man konnte weiter und weiter gehen, aber vielleicht nicht ewig. Denn da waren ja die BERGE im Hintergrund. Ganz langsam kamen sie näher. Sie schienen nicht zu dem Bild zu gehören, oder nur als ein Verbindungsglied zu etwas anderem, das flüchtig zwischen den Bäumen sichtbar wurde, eine weitere Stufe: ein neues Bild.

Tüftler wanderte weiter, aber er schlenderte nicht einfach einher. Er blickte aufmerksam um sich. Der BAUM war fertig, allerdings war Tüftler noch nicht mit ihm fertig – »Genau umgekehrt, als es zu sein pflegte«, dachte er –, aber im WALD gab es ein paar nicht überzeugende Bereiche, die noch Arbeit und Nachdenken erforderten. Nichts mußte mehr geändert werden, nichts war soweit falsch gewesen, aber es mußte fortgesetzt werden bis zu einem bestimmten Punkt. Tüftler sah den Punkt, in jedem einzelnen Fall.

Er setzte sich unter einen sehr schönen fernen Baum – eine Variation des GROSSEN BAUMES, aber doch von ganz eigener Art, oder er würde von ganz eigener Art sein, wenn man ihm ein wenig mehr Aufmerksamkeit schenkte – und Tüftler überlegte, wo er mit der Arbeit anfangen und wo er mit ihr aufhören sollte, und wieviel Zeit wohl dafür nötig wäre. Er kam mit seinem Plan nicht so richtig voran.

»Natürlich!« rief er aus. »Ich brauche Paris! Er weiß so vielerlei über Bodenbeschaffenheit, Pflanzen und Bäume, und ich nicht. Dieser Fleck hier kann nicht einfach mein Privatpark bleiben. Ich brauche Hilfe und Rat: die hätte ich schon früher haben sollen.«

Er stand auf und ging zu der Stelle, wo er mit der Arbeit beginnen wollte. Er zog seinen Rock aus. Dann sah er unten in einer kleinen geschützten Mulde, dem fernere Blick entzogen, einen Mann, der etwas verwirrt um sich schaute. Er stützte sich auf einen Spaten, wußte aber offensichtlich nicht, was er tun sollte. Tüftler rief zu ihm hinunter: »Paris!«

Paris schulterte seinen Spaten und kam zu ihm herauf. Er hinkte immer noch ein wenig. Sie sagten nichts, sondern nickten nur, wie sie es früher zu tun pflegten, wenn sie sich auf der Straße trafen; aber jetzt wanderten sie gemeinsam umher, Arm in Arm. Ohne zu reden, waren sich Tüftler und Paris darüber einig, wo genau das kleine Haus mit dem Garten stehen sollte, das nötig schien.

Als sie zusammen arbeiteten, zeigte es sich deutlich, daß Tüftler jetzt besser als Paris seine Zeit einteilen und Dinge erledigen konnte. Seltsamerweise war es Tüftler, der ganz im Bauen und Gärtnern aufging, während Paris oft umherwanderte und Bäume betrachtete, und besonders den BAUM.

Eines Tages war Tüftler damit beschäftigt, eine Weißdornhecke zu pflanzen, und Paris lag nahebei auf dem Rasen und betrachtete aufmerksam eine hübsche und schöngeformte gelbe Blume, die in dem grünen Gras wuchs. Vor langer Zeit hatte Tüftler eine Menge dieser Blumen zwischen die Wurzeln seines BAUMES gesetzt. Plötzlich schaute Paris auf: sein Gesicht glänzte in der Sonne, und er lächelte.

»Es ist großartig!« sagte er. »Eigentlich sollte ich gar nicht hier sein. Danke, daß Sie ein Wort für mich eingelegt haben.«

»Unsinn«, antwortete Tüftler. »Ich erinnere mich nicht, was ich gesagt habe, aber jedenfalls war es bei weitem nicht genug.«

»O doch, das war es«, sagte Paris. »Ich bin dadurch erheblich schneller herausgekommen. Diese ZWEITE STIMME, wissen Sie: er hat mich hergeschickt; er sagte, Sie hätten mich gern sehen wollen. Ihnen verdanke ich es.«

»Nein, Sie verdanken es der ZWEITEN STIMME«, sagte Tüftler. »Wir beide verdanken es ihm.«

Sie lebten und arbeiteten weiterhin zusammen: wie lange, weiß ich nicht. Es ist nicht zu leugnen, daß sie zuerst gelegentlich uneins waren, besonders wenn sie müde wurden. Denn zuerst wurden sie manchmal müde. Sie stellten fest, daß sie beide das Stärkungsmittel mitbekommen hatten. Beide Flaschen trugen das gleiche Etikett: *Ein paar Tropfen vor dem Ausruhen mit Wasser aus der Quelle einnehmen.*

Sie fanden die QUELLE im Herzen des WALDES; nur einmal vor langer Zeit hatte Tüftler sie sich ausgemalt, aber er hatte sie niemals gezeichnet. Jetzt begriff er, daß sie die Quelle des Sees war, der weit entfernt schimmerte, und daß alles, was im Lande wuchs, von ihr gespeist wurde. Die paar Tropfen gaben dem Wasser eine zusammenziehende Wirkung, machten es ziemlich bitter, aber belebend; und sie ließen den Kopf klar werden. Nachdem sie getrunken hatten, ruhte jeder für sich; und dann standen sie auf, und alles ging fröhlich weiter. Zu solchen Zeiten fielen Tüftler wundervolle neue Blumen und Pflanzen ein, und Paris wußte immer genau, wo sie hingesetzt werden mußten und wo sie am besten gediehen. Lang ehe das Stärkungsmittel alle war, hatten sie aufgehört, es zu brauchen. Paris hinkte nicht mehr.

Als sich ihre Arbeit dem Ende näherte, gönnten sie sich immer mehr Zeit zum Spazierengehen, und sie betrachteten die Bäume und die Blumen und Licht und Schatten und die Lage der Dinge. Manchmal sangen sie zusammen; aber Tüftler merkte, daß er jetzt seine Blicke immer öfter auf die BERGE richtete.

Und es kam die Zeit, da das Haus in der Mulde, der Garten, der Rasen, der Wald, der See und das ganze Land auf ihre eigene Weise fast vollendet waren. Der GROSSE BAUM stand in voller Blüte.

»Heute abend werden wir fertig werden«, sagte Paris eines Tages. »Danach wollen wir einen richtig langen Spaziergang machen.«

Am nächsten Tag machten sie sich auf den Weg, und sie gingen durch die Fernen, bis sie zum RAND kamen. Er war natürlich nicht sichtbar: es gab keine Linie, keinen Zaun und keine Mauer; aber sie wußten, daß sie die Grenze jenes Landes erreicht hatten. Sie erblickten einen Mann, der wie ein Schäfer aussah; er kam ihnen entgegen, herab über die grasigen Abhänge, die zu den BERGEN führten.

»Wollen Sie einen Führer?« fragte er. »Wollen Sie weitergehen?«

Für einen Augenblick fiel ein Schatten zwischen Tüftler und Paris, denn Tüftler wußte, daß er jetzt weitergehen wollte und (in einer Beziehung) auch weitergehen sollte. Aber Paris wollte nicht weitergehen und war auch noch nicht bereit zum Gehen.

»Ich muß auf meine Frau warten«, sagte Paris zu Tüftler. »Sie wird einsam sein. Ich hatte eigentlich angenommen, sie würden sie mir irgendwann nachschicken, wenn sie bereit wäre und ich alles für sie bereit hätte. Das Haus ist jetzt fertig, so gut wir es machen konnten; ich würde es ihr gern zeigen. Sie wird es noch besser machen können, nehme ich an: heimeliger. Ich hoffe, ihr wird dieses Land auch gefallen.« Er wandte sich an den Schäfer. »Sie sind ein Führer?« fragte er. »Könnten Sie mir sagen, wie dieses Land heißt?«

»Das wissen Sie nicht?« wunderte sich der Mann. »Es ist Tüftlers Land. Es ist Tüftlers BILD, oder das meiste davon: ein wenig ist es jetzt auch Paris' Garten.«

»Tüftlers BILD!« sagte Paris erstaunt. »Haben Sie sich das alles ausgedacht, Tüftler? Ich wußte gar nicht, daß Sie so klug sind. Warum haben Sie mir das nicht gesagt?«

»Er hat schon vor langer Zeit versucht, es Ihnen zu sagen«, erklärte der Mann, »aber Sie wollten es nicht sehen. Damals hatte er nur Leinwand und Farbe, und Sie wollten Ihr Dach damit ausbessern. Sie und Ihre Frau pflegten das Tüftlers UNSINN zu nennen, oder DIESE FARBENKLECKSEREI.«

»Aber es sah auch nicht aus wie das hier, nicht *wirklich*«, meinte Paris.

»Nein, damals war es nur eine Andeutung«, erwiderte der Mann. »Aber Sie hätten die Andeutung verstehen können, wenn Sie jemals geglaubt hätten, daß der Versuch sich lohnen würde.«

»Ich habe Ihnen nicht viele Gelegenheiten gegeben«, sagte Tüftler. »Niemals habe ich versucht, es Ihnen zu erklären. Ich pflegte Sie ALTER ERDWÜHLER zu nennen. Aber was macht das schon? Jetzt haben wir zusammen gelebt und gearbeitet. Die Dinge hätten anders sein können, aber nicht besser. Immerhin fürchte ich, daß ich jetzt weitergehen muß. Wir werden uns wiedersehen, denke ich: es muß noch vieles geben, was wir gemeinsam tun können. Leben Sie wohl!« Er schüttelte Paris herzlich die Hand: eine gute, feste, ehrenhafte Hand schien es ihm zu sein. Er wandte sich um und schaute einen Augenblick zurück. Die Blüten des GROSSEN BAUMES leuchteten wie Flammen. Alle Vögel waren in den Lüften und sangen. Dann lächelte er, nickte Paris zu und ging mit dem Schäfer von dannen.

Jetzt würde er alles über Schafe lernen und über die Weiden im Hochland, er würde größere Himmelsweiten sehen und, stetig emporsteigend, den BERGEN näher und näher kommen. Was dann aus ihm wurde, kann ich nicht erraten. Selbst in seinem alten Haus konnte der kleine Tüftler die fernen BERGE ahnen, und sie fanden einen

Platz in den Grenzen seines Bildes; aber wie sie wirklich sind und was hinter ihnen liegt, können nur jene sagen, die sie erklommen haben.

»Ich glaube, er war ein alberner kleiner Mann«, sagte Stadtrat Schulze. »Ein Taugenichts; ohne jeden Nutzen für die Gesellschaft.«

»Ach, ich weiß nicht«, meinte Müller, der nichts Bedeutendes war, bloß ein Schulmeister. »Ich bin nicht so sicher; es kommt darauf an, was Sie unter Nutzen verstehen.«

»Eben kein praktischer oder wirtschaftlicher Nutzen«, sagte Schulze. »Allerdings hätte er wohl zu einem brauchbaren Rädchen von irgendeiner Art gemacht werden können, wenn ihr Schulmeister euer Geschäft besser verstündet. Aber das tut ihr nicht, und so bekommen wir nutzlose Leute von seiner Sorte. Wenn ich in diesem Lande etwas zu sagen hätte, würde ich ihm und seinesgleichen irgendeine Arbeit zuweisen, für die sie geeignet sind, Tellerwaschen in der Gemeindeküche oder derlei, und ich würde schon dafür sorgen, daß sie das richtig erledigen. Oder ich würde sie abschieben. *Ihn* hätte ich schon viel früher abschieben sollen.«

»Abschieben? Sie meinen, Sie haben ihn die Reise antreten lassen, ehe seine Zeit gekommen war?«

»Ja, wenn Sie diesen bedeutungslosen alten Ausdruck unbedingt gebrauchen müssen. Ihn durch den Tunnel auf den großen Müllhaufen befördern: das habe ich gemeint.«

»Dann glauben Sie also, daß Malen gar nichts wert ist, nicht wert, erhalten oder verbessert zu werden, oder auch nur Gebrauch davon zu machen?«

»Natürlich kann Malen auch nützlich sein«, sagte Schulze. »Aber mit seinem Malen konnte man nichts anfangen. Es gibt haufenweise Möglichkeiten für kühne junge Männer, die sich nicht vor neuen Ideen und neuen Methoden fürchten. Aber für dieses altmodische Zeug nicht. Heimlicher Träumer. Er hätte kein wirkungsvolles Plakat malen können, und wenn es dabei um sein Leben gegangen wäre. Immer bloß mit Blättern und Blumen herumspielen. Ich fragte ihn einmal, warum. Er sagte, er finde sie hübsch. Können Sie sich das vorstellen? *Hübsch* sagte er! ›Was, Verdauungs- und Geschlechtsorgane von Pflanzen?‹ fragte ich ihn; und darauf wußte er nichts zu antworten. Alberner Fummler!«

»Fummler«, seufzte Müller. »Ja, der arme kleine Mann machte niemals etwas fertig. Nun ja, seine Leinwand wurde für ›bessere Zwecke‹ verwandt, nachdem er fort war. Aber ich bin nicht so sicher, Schulze. Erinnern Sie sich an das große Bild, das sie nach den Stürmen und Überschwemmungen benutzt haben, um das beschädigte Haus nebenan auszuflicken? Ich fand eine abgerissene Ecke davon in einem Feld. Sie war beschädigt, aber ein Berggipfel und ein Zweig mit Blättern waren noch zu erkennen. Es will mir nicht aus dem Kopf.«

»Aus was, bitte schön?« fragte Schulze.

»Von wem sprechen Sie eigentlich?« wollte Meier wissen, der um des lieben Friedens willen eingriff: Müller war nämlich ziemlich rot angelaufen.

»Es lohnt sich nicht, den Namen zu wiederholen«, sagte Schulze. »Ich weiß gar nicht, warum wir überhaupt von ihm sprechen. Er wohnte nicht in der Stadt.«

»Nein«, sagte Müller, »aber Sie hatten trotzdem ein Auge auf sein Haus geworfen. Darum sind Sie auch immer hingegangen und haben ihn besucht und sich über ihn lustig gemacht, während Sie seinen Tee tranken. Na ja, jetzt haben Sie sein Haus, und das in der Stadt auch, und so brauchen Sie ihm wirklich nicht seinen Namen zu mißgönnen. Wir sprachen von Tüftler, wenn Sie es wissen wollen, Meier.«

»Ach, der arme kleine Tüftler!« sagte Meier. »Ich wußte gar nicht, daß er gemalt hat.«

Das war wahrscheinlich das letzte Mal, daß Tüftlers Name in einer Unterhaltung vorkam. Müller hob indes den abgerissenen Fetzen auf. Das meiste davon zerfiel; aber ein schönes Blatt blieb heil. Müller ließ es rahmen. Später vermachte er es dem Städtischen Museum, und lange Zeit hing dort »Blatt, von Tüftler« in einem stillen Winkel, und ein paar Besucher bemerkten es. Aber schließlich brannte das Museum ab, und das Blatt und Tüftler waren in seinem Heimatland völlig vergessen.

»Es erweist sich in der Tat als sehr nützlich«, berichtete die Zweite Stimme. »Für Ferien und zur Erholung. Für Rekonvaleszenten ist es großartig; und das nicht allein, denn für viele ist es die beste Einführung in die Berge. In manchen Fällen wirkt es Wunder. Ich schicke immer mehr Leute dahin. Es geschieht selten, daß sie zurückkommen müssen.«

»Ja, wirklich«, sagte die Erste Stimme. »Ich glaube, wir müssen der Gegend einen Namen geben. Was schlagen Sie vor?«

»Das hat der Schaffner schon vor einiger Zeit getan«, sagte die Zweite Stimme. »›Zug nach Tüftlers Paris auf dem Kopfbahnsteig‹: so hat er es jetzt schon eine ganze Weile ausgerufen. Tüftlers Paris. Ich habe den beiden eine Nachricht geschickt, damit sie es erfahren.«

»Und was haben sie gesagt?«

»Sie haben gelacht – gelacht, daß es von den Bergen widerhallte!«